Lucio Anneo Seneca

De brevitate vitae

L. ANNAEI SENECAE AD PAULINUM DE BREVITATE VITAE

I.1 Maior pars mortalium, Pauline, de naturae malignitate conqueritur, quod in exiguum aevi gignimur, quod haec tam velociter, tam rapide dati nobis temporis spatia decurrant, adeo ut exceptis admodum paucis ceteros in ipso vitae apparatu vita destituat. Nec huic publico, ut opinantur, malo turba tantum et imprudens vulgus ingemuit; clarorum quoque virorum hic affectus querellas evocavit. 2 Inde illa maximi medicorum exclamatio est: "vitam brevem esse, longam artem". Inde Aristotelis cum rerum natura exigentis minime conveniens sapienti viro lis: "aetatis illam animalibus tantum indulsisse, ut quina aut dena saecula educerent, homini in tam multa ac magna genito tanto citeriorem terminum stare." 3 Non exiguum temporis habemus, sed multum perdidimus. Satis longa vita et in maximarum rerum consummationem large data est, si tota bene collocaretur; sed ubi per luxum ac neglegentiam diffluit, ubi nulli bonae rei impenditur, ultima demum necessitate cogente, quam ire non intelleximus transisse sentimus. 4 Ita est: non accipimus brevem vitam sed fecimus, nec inopes eius sed prodigi sumus. Sicut amplae et regiae opes, ubi ad malum dominum pervenerunt, momento dissipantur, at quamvis modicae, si bono custodi traditae sunt, usu crescunt: ita aetas nostra bene disponenti multum patet.

II. 1 Quid de rerum natura querimur? Illa se benigne gessit: vita, si uti scias, longa est. [At] alium insatiabilis tenet avaritia; alium in supervacuis laboribus operosa sedulitas; alius vino madet, alius inertia torpet; alium defetigat ex alienis iudiciis suspensa semper ambitio, alium mercandi praeceps cupiditas circa omnis

I. La maggior parte dei mortali, o Paolino, si lagna per la cattiveria della natura, perché siamo messi al mondo per un esiguo periodo di tempo, perché questi periodi di tempo a noi concessi trascorrono così velocemente, così in fretta che, tranne pochissimi, la vita abbandona gli altri nello stesso sorgere della vita. Né di tale calamità, comune a tutti, come credono, si lamentò solo la folla e il dissennato popolino; questo stato d'animo suscitò le lamentele anche di personaggi famosi. Da qui deriva la famosa esclamazione del più illustre dei medici1, che la vita è breve, l'arte lunga; di qui la contesa, poco decorosa per un saggio, dell'esigente Aristotele con la natura delle cose, perché essa è stata tanto benevola nei confronti degli animali, che possono vivere cinque o dieci generazioni, ed invece ha concesso un tempo tanto più breve all'uomo, nato a tante e così grandi cose. Noi non disponiamo di poco tempo, ma ne abbiamo perduto molto. La vita è lunga abbastanza e ci è stata data con larghezza per la realizzazione delle più grandi imprese, se fosse impiegata tutta con diligenza; ma quando essa trascorre nello spreco e nell'indifferenza, quando non viene spesa per nulla di buono, spinti alla fine dall'estrema necessità, ci accorgiamo che essa è passata e non ci siamo accorti del suo trascorrere. È così: non riceviamo una vita breve, ma l'abbiamo resa noi, e non siamo poveri di essa, ma prodighi. Come sontuose e regali ricchezze, quando siano giunte ad un cattivo padrone, vengono dissipate in un attimo, ma, benché modeste, se vengono affidate ad un buon custode, si incrementano con l'investimento, così la nostra vita molto si estende per chi sa bene gestirla.

II Perché ci lamentiamo della natura delle cose? Essa si è comportata in maniera benevola: la vita è lunga, se sai farne uso. C'è chi è preso da insaziabile avidità, chi dalle vuote occupazioni di una frenetica attività; uno è fradicio di vino, un altro languisce nell'inerzia; uno è stressato da un'ambizione sempre dipendente dai giudizi

---

1 Ippocrate, uno dei maggiori medici dell'antichità (Coo 460 circa a.C. - Larissa 377 circa a.C.). Dedicatosi all'arte medica per lunga tradizione familiare, fondò nell'isola natia una scuola medica che tramandò i suoi insegnamenti in una collezione di oltre 60 libri. Fu l'iniziatore dell'osservazione clinica obiettiva, che distaccò la medicina dalla filosofia indirizzandola su basi razionali. Dettò inoltre alcuni criteri generali per la pratica medica e accanto a questi affermò i severi principi della deontologia medica, che sono riecheggiati dal noto giuramento che porta il suo nome.

terras, omnia maria spe lucri ducit; quosdam torquet cupido militiae numquam non aut alienis periculis intentos aut suis anxios; sunt quos ingratus superiorum cultus voluntaria servitute consumat; 2 multos aut affectatio alienae formae aut suae querella detinuit; plerosque nihil certum sequentis vaga et inconstans et sibi displicens levitas per nova consilia iactavit; quibusdam nihil quo cursum derigant placet, sed marcentis oscitantisque fata deprendunt, adeo ut quod apud maximum poetarum more oraculi dictum est verum esse non dubitem: "Exigua pars est vitae qua vivimus. Ceterum quidem omne spatium non vita sed tempus est. 3 Urgent et circumstant vitia undique nec resurgere aut in dispectum veri attollere oculos sinunt. Et immersos et in cupiditatem infixos premunt, numquam illis recurrere ad se licet. Si quando aliqua fortuito quies contigit, velut profundo mari, in quo post ventum quoque volutatio est, fluctuantur nec umquam illis a cupiditatibus suis otium stat. 4 De istis me putas dicere, quorum in confesso mala sunt? Aspice illos ad quorum felicitatem concurritur: bonis suis effocantur. Quam multis divitiae graves sunt! Quam multorum eloquentia et cotidiana ostentandi ingenii sollicitatio sanguinem educit! Quam multi continuis voluptatibus pallent! Quam multis nihil liberi relinquit circumfusus clientium populus! Omnis denique istos ab infimis usque ad summos pererra: hic advocat, hic adest, ille periclitatur, ille defendit, ille iudicat, nemo se sibi vindicat, alius in alium consumitur. Interroga de istis quorum nomina ediscuntur, his illos dinosci videbis notis: ille illius ius cultor est, hic illius; suus nemo est. 5 Deinde dementissima quorundam indignatio est: queruntur de superiorum fastidio, quod ipsis adire volentibus non vacaverint! Audet quisquam de alterius superbia queri, qui sibi ipse numquam vacat? Ille tamen te, quisquis es, insolenti quidem vultu sed aliquando respexit, ille aures suas ad tua verba demisit, ille te ad latus suum recepit: tu non inspicere te umquam, non audire dignatus es. Non est itaque quod ista

altrui, un altro è sballottato per tutte le terre da un'avventata bramosia del commercio, per tutti i mari dal miraggio del guadagno; alcuni tortura la smania della guerra, vogliosi di creare pericoli agli altri o preoccupati dei propri; vi sono altri che logora l'ingrato servilismo dei potenti in una volontaria schiavitù; molti sono prigionieri della brama dell'altrui bellezza o della cura della propria; la maggior parte, che non ha riferimenti stabili, viene sospinta a mutar parere da una leggerezza volubile ed instabile e scontenta di sé; a certuni non piace nulla a cui drizzar la rotta, ma vengono sorpresi dal destino intorpiditi e neghittosi, sicché non ho alcun dubbio che sia vero ciò che vien detto, sotto forma di oracolo, nel più grande dei poeti2: "Piccola è la porzione di vita che viviamo". Infatti tutto lo spazio rimanente non è vita, ma tempo. I vizi premono ed assediano da ogni parte e non permettono di risollevarsi o alzare gli occhi a discernere il vero, ma li schiacciano immersi ed inchiodati al piacere. Giammai ad essi è permesso rifugiarsi in se stessi; se talora gli tocca per caso un attimo di tregua, come in alto mare, dove anche dopo il vento vi è perturbazione, ondeggiano e mai trovano pace alle loro passioni. Pensi che io parli di costoro, i cui mali sono evidenti? Guarda quelli, alla cui buona sorte si accorre: sono soffocati dai loro beni. Per quanti le ricchezze costituiscono un fardello! A quanti fa sputar sangue l'eloquenza e la quotidiana ostentazione del proprio ingegno! Quanti sono pallidi per i continui piaceri! A quanti non lascia un attimo di respiro l'ossessionante calca dei clienti! Dunque, passa in rassegna tutti costoro, dai più umili ai più potenti: questo cerca un avvocato, questo è presente, quello cerca di esibire le prove, quello difende, quello è giudice, nessuno rivendica per se stesso la propria libertà, ci si consuma l'uno per l'altro. Infòrmati di costoro, i cui nomi si imparano, vedrai che essi si riconoscono da questi segni: questo è cultore di quello, quello di quell'altro; nessuno appartiene a se stesso. Insomma è estremamente irragionevole lo sdegno di taluni: si lamentano

---

2 Menandro, il maggior poeta greco della commedia nuova (Atene 342 circa - 291 circa a.C.). Conosciuto per fama e nella rielaborazione dei comici latini, nonché in una raccolta di Sentenze monostiche, non tutte autentiche, Menandro è venuto alla luce ultimamente in una parte della sua produzione originale, attraverso papiri egiziani. Per testimonianza degli antichi e per giudizio, non senza contrasti, dei moderni, che talora però gli rimproverano mancanza di fantasia e di drammaticità, Menandro può considerarsi il miglior commediografo, se non il creatore, della commedia nuova.

officia cuiquam imputes, quoniam quidem, cum illa faceres, non esse cum alio volebas, sed tecum esse non poteras.

III. 1 Omnia licet quae umquam ingenia fulserunt in hoc unum consentiant, numquam satis hanc humanarum mentium caliginem mirabuntur: praedia sua occupari a nullo patiuntur et, si exigua contentio est de modo finium, ad lapides et arma discurrunt; in vitam suam incedere alios sinunt, immo vero ipsi etiam possessores eius futuros inducunt; nemo invenitur qui pecuniam suam dividere velit, vitam unusquisque quam multis distribuit! Adstricti sunt in continendo patrimonio, simul ad iacturam temporis ventum est, profusissimi in eo cuius unius honesta avaritia est. 2 Libet itaque ex seniorum turba comprendere aliquem: "Pervenisse te ad ultimum aetatis humanae videmus, centesimus tibi vel supra premitur annus: agedum, ad computationem aetatem tuam revoca. Duc quantum ex isto tempore creditor, quantum amica, quantum rex, quantum cliens abstulerit, quantum lis uxoria, quantum servorum coercitio, quantum officiosa per urbem discursatio; adice morbos quos manu fecimus, adice quod et sine usu iacuit: videbis te pauciores annos habere quam numeras. 3 Repete memoria tecum quando certus consilii fueris, quotus quisque dies ut destinaveras recesserit, quando tibi usus tui fuerit, quando in statu suo vultus, quando animus intrepidus, quid tibi in tam longo aevo facti operis sit, quam multi vitam tuam diripuerint te non sentiente quid perderes, quantum vanus dolor, stulta laetitia, avida cupiditas, blanda conversatio abstulerit, quam exiguum tibi de tuo relictum sit: intelleges te immaturum mori." 4 Quid ergo est in causa? Tamquam semper victuri vivitis, numquam vobis fragilitas vestra succurrit, non observatis quantum iam temporis transierit; velut ex pleno et abundanti perditis, cum interim

dell'alterigia dei potenti, perché questi non hanno il tempo di venire incontro ai loro desideri. Osa lagnarsi della superbia altrui chi non ha tempo per sé? Quello almeno, chiunque tu sia, benché con volto arrogante ma qualche volta ti ha guardato, ha abbassato le orecchie alle tue parole, ti ha accolto al suo fianco: tu non ti sei mai degnato di guardare dentro di te, di ascoltarti. Non vi è motivo perciò di rinfacciare ad alcuno questi servigi, poiché li hai fatti non perché desideravi stare con altri, ma perché non potevi stare con te stesso.

III Per quanto siano concordi su questo solo punto gli ingegni più illustri che mai rifulsero, mai abbastanza si meraviglieranno di questo appannamento delle menti umane: non tollerano che i propri campi vengano occupati da nessuno e, se sorge una pur minima disputa sulla modalità dei confini, si precipitano alle pietre ed alle armi; permettono che altri invadano la propria vita, anzi essi stessi vi fanno entrare i suoi futuri padroni; non si trova nessuno che sia disposto a dividere il proprio denaro: a quanti ciascuno distribuisce la propria vita! Sono avari nel tenere i beni; appena si giunge alla perdita di tempo, diventano molto prodighi in quell'unica cosa in cui l'avarizia è un pregio. E così piace citare uno dalla folla degli anziani: "Vediamo che sei arrivato al termine della vita umana, hai su di te cento o più anni: suvvia, fa un bilancio della tua vita. Calcola quanto da questo tempo hanno sottratto i creditori, quanto le donne, quanto i patroni, quanto i clienti, quanto i litigi con tua moglie, quanto i castighi dei servi, quanto le visite di dovere attraverso la città; aggiungi le malattie, che ci siamo procurati con le nostre mani, aggiungi il tempo che giacque inutilizzato: vedrai che hai meno anni di quanti ne conti. Ritorna con la mente a quando sei stato fermo in un proposito, quanti pochi giorni si sono svolti così come li avevi programmati, a quando hai avuto la disponibilità di te stesso, a quando il tuo volto non ha mutato espressione, a quando il tuo animo è stato coraggioso, che cosa di positivo hai realizzato in un periodo tanto lungo, quanti hanno depredato la tua vita mentre non ti accorgevi di cosa stavi perdendo, quanto ne ha sottratto un vano dispiacere, una stupida gioia, un'avida bramosia, una piacevole discussione, quanto poco ti è rimasto del tuo:

fortasse ille ipse qui alicui vel homini vel rei donatur dies ultimus sit. Omnia tamquam mortales timetis, omnia tamquam immortales concupiscitis. 5 Audies plerosque dicentes: "A quinquagesimo anno in otium secedam, sexagesimus me annus ab officiis dimittet." Et quem tandem longioris vitae praedem accipis? Quis ista sicut disponis ire patietur? Non pudet te reliquias vitae tibi reservare et id solum tempus bonae menti destinare quod in nullam rem conferri possit? Quam serum est tunc vivere incipere cum desinendum est? Quae tam stulta mortalitatis oblivio in quinquagesimum et sexagesimum annum differre sana consilia et inde velle vitam inchoare quo pauci perduxerunt?

IV. 1 Potentissimis et in altum sublatis hominibus excidere voces videbis quibus otium optent, laudent, omnibus bonis suis praeferant. Cupiunt interim ex illo fastigio suo, si tuto liceat, descendere; nam ut nihil extra lacessat aut quatiat, in se ipsa fortuna ruit. 2 Divus Augustus, cui dii plura quam ulli praestiterunt, non desiit quietem sibi precari et vacationem a re publica petere; omnis eius sermo ad hoc semper revolutus est, ut speraret otium: hoc labores suos, etiam si falso, dulci tamen oblectabat solacio, aliquando se victurum sibi. 3 In quadam ad senatum missa epistula, cum requiem suam non vacuam fore dignitatis nec a priore gloria discrepantem pollicitus esset, haec verba inveni: "Sed ista fieri speciosius quam promitti possunt. Me tamen cupido temporis optatissimi mihi provexit, ut quoniam rerum laetitia moratur adhuc, praeciperem aliquid voluptatis ex verborum dulcedine." 4 Tanta visa est res otium, ut illam, quia usu non poterat, cogitatione praesumeret. Qui omnia videbat ex se uno pendentia, qui hominibus gentibusque fortunam dabat, illum diem laetissimus cogitabat quo magnitudinem suam exueret. 5 Expertus erat quantum illa bona per omnis terras fulgentia sudoris exprimerent, quantum occultarum sollicitudinum tegerent: cum civibus

capirai che muori anzitempo". Dunque qual è il motivo? Vivete come se doveste vivere in eterno, mai vi sovviene della vostra caducità, non ponete mente a quanto tempo è già trascorso; ne perdete come da una rendita ricca ed abbondante, quando forse proprio quel giorno, che si regala ad una certa persona od attività, è l'ultimo. Avete paura di tutto come mortali, desiderate tutto come immortali. Udirai la maggior parte dire: "Dai cinquant'anni mi metterò a riposo, a sessant'anni mi ritirerò a vita privata". E che garanzia hai di una vita tanto lunga? Chi permetterà che queste cose vadano così come hai programmato? Non ti vergogni di riservare per te i rimasugli della vita e di destinare alla sana riflessione solo il tempo che non può essere utilizzato in nessun'altra cosa? Quanto tardi è allora cominciare a vivere, quando si deve finire! Che sciocca mancanza della natura umana differire i buoni propositi ai cinquanta e sessanta anni e quindi voler iniziare la vita lì dove pochi sono arrivati!

V Vedrai sfuggire di bocca agli uomini più potenti e più altolocati parole con le quali aspirano al tempo libero, lo lodano e lo antepongono a tutti i loro beni. Talvolta desiderano scendere giù da quel loro piedistallo, se la cosa potesse avvenire in tutta sicurezza; infatti, anche se niente preme e turba dall'esterno, la fortuna crolla su se stessa. Il divo Augusto, al quale gli dèi concessero più che a chiunque altro, non cessò di augurarsi il riposo e di chiedere di essere sollevato dagli impegni pubblici; ogni suo discorso ricadeva sempre su questo, la speranza del tempo libero: alleviava le sue fatiche con questo conforto, per quanto illusorio tuttavia piacevole, che un giorno sarebbe vissuto per se stesso. In una lettera inviata al senato, dopo aver promesso che il suo riposo sarebbe stato non privo di decoro né in contrasto con la sua gloria passata, ho trovato queste parole: "Ma queste cose sarebbe più bello poterle mettere in pratica che prometterle. Tuttavia il desiderio di quel tempo tanto desiderato mi ha condotto, poiché finora la gioia della realtà si fa attendere, a pregustare un po' di piacere dalla dolcezza delle parole". Così grande cosa gli sembrava il tempo libero, che, poiché non poteva goderne, lo pregustava con l'immaginazione. Colui che vedeva tutto

primum, deinde cum collegis, novissime cum affinibus coactus armis decernere mari terraque sanguinem fudit. Per Macedoniam, Siciliam, Aegyptum, Syriam Asiamque et omnis prope oras bello circumactus Romana caede lassos exercitus ad externa bella convertit. Dum Alpes pacat immixtosque mediae paci et imperio hostes perdomat, dum [ut] ultra Rhenum et Euphraten et Danuvium terminos movet, in ipsa urbe Murenae, Caepionis Lepidi, Egnati, aliorum in eum mucrones acuebantur. 6 Nondum horum effugerat insidias: filia et tot nobiles iuvenes adulterio velut sacramento adacti iam infractam aetatem territabant Paulusque et iterum timenda cum Antonio mulier. Haec ulcera cum ipsis membris absciderat: alia subnascebantur; velut grave multo sanguine corpus parte semper aliqua rumpebatur. Itaque otium optabat, in huius spe et cogitatione labores eius residebant, hoc votum erat eius qui voti compotes facere poterat.

dipendere da lui solo, che stabiliva il destino per gli uomini e i popoli, pensava a quel felicissimo giorno in cui avrebbe abbandonato la propria grandezza. Conosceva per esperienza quanto sudore costano quei beni rifulgenti per tutta la terra, quante nascoste fatiche celano. Costretto a combattere con armi dapprima con i concittadini[3], poi con i colleghi[4], infine con i parenti[5], versò sangue per terra e per mare: dopo essere passato in guerra attraverso la Macedonia, la Sicilia, l'Egitto, la Siria e l'Asia e quasi tutte le coste, volse contro gli stranieri gli eserciti stanchi di strage romana. Mentre pacificava le Alpi e domava i nemici mischiati in mezzo alla pace e all'impero, mentre spostava i confini oltre il Reno, l'Eufrate ed il Danubio, proprio a Roma si affilavano contro di lui i pugnali di Murena, di Cepione, di Lepido, di Egnazio[6] e di altri. Non era ancora sfuggito alle insidie di costoro e la figlia[7] e tanti giovani nobili legati dal vincolo dell'adulterio come da un giuramento ne atterrivano la stanca età e ancor più e di nuovo una donna era da temere con un Antonio[8]. Aveva tagliato via queste ferite con le stesse membra[9]: altre ne rinascevano; come un corpo pieno di troppo sangue, sempre si crepava in qualche parte. E così anelava al tempo libero, nella cui speranza e nel cui pensiero si placavano i suoi affanni: questo era il voto di colui che poteva render gli altri paghi dei loro voti.

---

3 Bruto e Cassio, gli uccisori di Giulio Cesare.
4 Emilio Lepido e Marco Antonio, colleghi di Augusto nel secondo triumvirato del 43 a.C.
5 Antonio, cognato di Augusto.
6 Gli autori di una congiura contro Augusto nel 22 a.C.: Terenzio Varrone Murena, Fannio Cepione, Marco Lepido, figlio dell'ex-triumviro, e Marco Egnazio Rufo.
7 Giulia, figlia di Augusto e di Scribonia (Ottaviano 39 a.C. - Reggio Calabria 14 d.C.). Figlia unica, venne da Augusto fatta sposare, via via, a coloro che egli designava a reggere l'Impero dopo la sua morte: dapprima al cugino Claudio Marcello (25 a.C.), poi a Vipsanio Agrippa (21 a.C.) da cui ebbe cinque figli (Caio, Lucio, Giulia, Agrippina, Agrippa Postumo); quindi, nell'11 a.C., a Tiberio. Dotata di bellezza e di intelligenza e finemente educata, fu però di natura leggera e incline alla dissolutezza, così da lasciarsi trascinare a una vita corrotta e scostumata. Abbandonata da Tiberio, fu nel 2 a.C. relegata dal padre, amareggiato dai suoi continui scandali, nell'isola di Pandataria (od. Ventotene), e quindi a Reggio, dove morì.
8 Allude ad Antonio e Cleopatra.
9 Si riferisce all'esilio a cui Augusto condannò la figlia Giulia.

V. 1 M. Cicero inter Catilinas, Clodios iactatus Pompeiosque et Crassos, partim manifestos inimicos, partim dubios amicos, dum fluctuatu cum re publica et illam pessum euntem tenet, novissime abductus, nec secundis rebus quietus nec adversarum patiens, quotiens illum ipsum consulatum suum non sine causa sed sine fine laudatum detestatur! 2 Quam flebiles voces exprimit in quadam ad Atticum epistula iam victo patre Pompeio, adhuc filio in Hispania fracta arma refovente! "Quid agam", inquit, "hic, quaeris? Moror in Tusculano meo semiliber." Alia deinceps adicit, quibus et priorem aetatem complorat et de praesenti queritur et de futura desperat. 3 Semiliberum se dixit Cicero: at me hercules numquam sapiens in tam humile nomen procedet, numquam semiliber erit, integrae semper libertatis et solidae, solutus et sui iuris et altior ceteris. Quid enim supra eum potest esse qui supra fortunam est?

VI. 1 Livius Drusus, vir acer et vehemens, cum leges novas et mala Gracchana movisset stipatus ingenti totius Italiae coetu, exitum rerum non pervidens, quas nec agere licebat nec iam liberum erat semel incohatas relinquere, exsecratus inquietam a primordiis vitam dicitur dixisse: uni sibi ne puero quidem umquam ferias contigisse. Ausus est enim et pupillus adhuc et praetextatus iudicibus reos commendare et gratiam suam foro interponere tam efficaciter

V Marco Cicerone, sballottato tra i Catilina10 e i Clodii11 e poi tra i Pompei e i Crassi12, quelli avversari manifesti, questi amici dubbi, mentre fluttuava assieme allo Stato e lo sorreggeva mentre andava a fondo, alla fine sopraffatto, non calmo nella buona sorte e incapace di sopportare quella cattiva, quante volte impreca contro quel suo stesso consolato, lodato non senza ragione ma senza fine! Che dolenti parole esprime in una lettera ad Attico, dopo aver vinto Pompeo padre13, mentre in Spagna il figlio14 rimetteva in sesto le armate scompaginate! "Mi domandi" dice "cosa faccio qui? Me ne sto mezzo libero nel mio podere di Tuscolo". Poi aggiunge altre parole, con le quali rimpiange il tempo passato, si lamenta del presente e dispera del futuro. Cicerone si definì semilibero: ma perdiana giammai un saggio si spingerà in un aggettivo così mortificante, giammai sarà mezzo libero, sarà sempre in possesso di una libertà totale e assoluta, svincolato dal proprio potere e più in alto di tutti. Cosa infatti può esserci sopra uno che è al di sopra della fortuna?

VI Livio Druso15, uomo rude ed impulsivo, avendo rimosso le nuove leggi e i disastri dei Gracchi, pressato da una grande aggregazione dell'Italia intera, non prevedendo l'esito degli avvenimenti, che non poteva gestire e ormai non era libero di abbandonarli una volta iniziati, si dice che maledicendo la sua vita, irrequieta fin dagli inizi, abbia detto che solo a lui neppure da bambino erano toccate vacanze. Infatti osò ancor minorenne e poi adolescente raccomandare gli

---

10 Catilina (Lucio Sergio), uomo politico romano (109-62 a.C.). Ordì una congiura che si proponeva la conquista del potere con un'insurrezione in Roma, sostenuta all'esterno da un esercito raccolto in Italia (63 a.C.). Il piano sedizioso fu denunciato da Cicerone, allora console, con una folgorante orazione e Catilina, abbandonata la capitale, raggiunse l'esercito del suo luogotenente Caio Manlio in Etruria. Catilina, voltosi all'estrema prova delle armi, fu vinto e ucciso a Pistoia (62).
11 Clodio (Publio Appio Pulcro), demagogo romano (93-52 a.C.). nel 64 apparve in evidente collusione con Catilina e due anni dopo suscitò un grave scandalo entrando sotto spoglie femminili nella casa di Cesare, della cui moglie Pompea era innamorato, durante la festa della dea Bona riservata alle donne. Sottoposto a processo, si salvò con la corruzione dei giudici, nonostante che l'accusa fosse sostenuta da Cicerone. Riuscì a far esiliare Cicerone col motivo che non aveva rispettato il diritto di appello al popolo dei seguaci di Catilina condannati a morte, e, a capo di bande armate, dominò per qualche tempo col terrore la situazione in Roma. In uno scontro sulla Via Appia con Annio Milone, suscitatogli contro dal partito senatoriale, venne ucciso il 18 gennaio del 52 a.C. e il suo cadavere fu bruciato,
12 Pompeo Magno (Cneo), generale e uomo politico romano (106 a.C. - Pelusio, Egitto, 48 a.C.) e Crasso (Marco Licinio Divite), uomo politico romano e triumviro con Cesare e Pompeo (Roma 115 circa - Carre 53 a.C.).
13 La battaglia di Fàrsalo del 48 a.C.
14 Pompeo (Sesto), figlio minore di Pompeo Magno e di Mucia Terza (75 a.C. circa - Mileto 35 a.C.), sconfitto da Cesare a Munda, in Spagna, nel 45 a.C..
15 Livio Druso (Marco), tribuno della plebe nel 91 a.C., assecondò un programma politico che si riallacciava alle riforme di Caio Gracco.

quidem, ut quaedam iudicia constet ab illo rapta. 2 Quo non erumperet tam immatura ambitio? Scires in malum ingens et privatum et publicum evasuram tam praecoquem audaciam. Sero itaque querebatur nullas sibi ferias contigisse a puero seditiosus et foro gravis. Disputatur an ipse sibi manus attulerit; subito enim vulnere per inguen accepto collapsus est, aliquo dubitante an mors eius voluntaria esset, nullo an tempestiva. 3 Supervacuum est commemorare plures qui, cum aliis felicissimi viderentur, ipsi in se verum testimonium dixerunt perosi omnem actum annorum suorum; sed his querellis nec alios mutaverunt nec se ipsos: nam cum verba eruperunt, affectus ad consuetudinem relabuntur. 4 Vestra me hercules vita, licet supra mille annos exeat, in artissimum contrahetur: ista vitia nullum non saeculum devorabunt; hoc vero spatium, quod quamvis natura currit ratio dilatat, cito vos effugiat necesse est; non enim apprenditis nec retinetis vel ocissimae omnium rei moram facitis, sed abire ut rem supervacuam ac reparabilem sinitis.

imputati ai giudici e interporre i suoi buoni uffici nel foro con tanta efficacia che alcune sentenze siano risultate da lui estorte. Dove non sarebbe sfociata una così prematura ambizione? Capiresti che una così precoce audacia sarebbe andata a finire in un grave danno sia pubblico che privato. Perciò tardi si lamentava che non gli fossero state concesse vacanze fin da piccolo, litigioso e di peso per il foro. Si discute se si sia tolto la vita; infatti, ferito da un improvviso colpo all'inguine, si accasciò, e vi è chi dubita che la sua morte sia stata volontaria, ma nessuno che essa sia stata opportuna. È del tutto inutile ricordare i tanti che, pur apparendo felicissimi agli occhi degli altri, testimoniarono in se stessi il vero ripudiando ogni azione della loro vita; ma con tali lamentele non cambiarono né gli altri né se stessi: infatti, una volta che le parole siano volate via, gli affetti ritorneranno secondo il consueto modo di vivere. Perdiana, ammesso pure che la vostra vita superi i mille anni, si ridurrebbe ad un tempo ristrettissimo: questi vizi divoreranno ogni secolo; in verità questo spazio che, benché la natura faccia defluire, la ragione dilata, è ineluttabile che presto vi sfugga: infatti non afferrate né trattenete o ritardate la più veloce di tutte le cose, ma permettete che vada via come una cosa inutile e recuperabile.

VII. 1 In primis autem et illos numero qui nulli rei nisi vino ac libidini vacant; nulli enim turpius occupati sunt. Ceteri, etiam si vana gloriae imagine teneantur, speciose tamen errant; licet avaros mihi, licet iracundos enumeres vel odia exercentes iniusta vel bella, omnes isti virilius peccant: in ventrem ac libidinem proiectorum inhonesta tabes est. 2 Omnia istorum tempora excute, aspice quam diu computent, quam diu insidientur, quam diu timeant, quam diu colant, quam diu colantur, quantum vadimonia sua atque aliena occupent, quantum convivia, quae iam ipsa officia sunt: videbis quemadmodum illos respirare non sinant vel mala sua vel bona. 3 Denique inter omnes convenit nullam rem bene exerceri posse ab homine occupato, non eloquentiam, non liberales disciplinas, quando districtus animus nihil altius recipit sed omnia velut inculcata respuit. Nihil minus est hominis occupati quam vivere: nullius rei difficilior scientia est. Professores aliarum artium vulgo multique sunt,

VII Tra i primi annovero senz'altro coloro che per nessuna cosa hanno tempo se non per il vino e la lussuria; nessuno infatti è occupato in maniera più vergognosa. Gli altri, anche se sono ossessionati da un effimero pensiero di gloria, tuttavia sbagliano con garbo; elencami pure gli avari, gli iracondi o coloro che perseguono ingiusti rancori o guerre, tutti costoro peccano più virilmente: la colpa di coloro che sono dediti al ventre e alla libidine è vergognosa. Esamina tutti i giorni di costoro, vedi quanto tempo perdano nel pensare al proprio interesse, quanto nel tramare insidie, quanto nell'aver timore, quanto nell'essere servili, quanto li tengano occupati le proprie promesse e quelle degli altri, quanto i pranzi, che ormai sono diventati anch'essi dei doveri: vedrai in che modo i loro mali o beni non permettano loro di respirare. Infine tutti convengono che nessuna cosa può esser ben gestita da un uomo affaccendato, non l'eloquenza, non le arti liberali, dal momento che un animo intento a più cose nulla recepisce più

quasdam vero ex his pueri admodum ita percepisse visi sunt, ut etiam praecipere possent: vivere tota vita discendum est et, quod magis fortasse miraberis, tota vita discendum est mori. 4 Tot maximi viri, relictis omnibus impedimentis, cum divitiis, officiis, voluptatibus renuntiassent, hoc unum in extremam usque aetatem egerunt ut vivere scirent; plures tamen ex his nondum se scire confessi vita abierunt, nedum ut isti sciant. 5 Magni, mihi crede, et supra humanos errores eminentis viri est nihil ex suo tempore delibari sinere, et ideo eius vita longissima est, quia, quantumcumque patuit, totum ipsi vacavit. Nihil inde incultum otiosumque iacuit, nihil sub alio fuit, neque enim quicquam repperit dignum quod cum tempore suo permutaret custos eius parcissimus. Itaque satis illi fuit: iis vero necesse est defuisse ex quorum vita multum populus tulit. 6 Nec est quod putes hinc illos aliquando non intellegere damnum suum: plerosque certe audies ex iis quos magna felicitas gravat inter clientium greges aut causarum actiones aut ceteras honestas miserias exclamare interdum: "Vivere mihi non licet." 7 Quidni non liceat? Omnes illi qui te sibi advocant tibi abducunt. Ille reus quot dies abstulit? Quot ille candidatus? Quot illa anus efferendis heredibus lassa? Quot ille ad irritandam avaritiam captantium simulatus aeger? Quot ille potentior amicus, qui vos non in amicitiam sed in apparatu habet? Dispunge, inquam, et recense vitae tuae dies: videbis paucos admodum et reiculos apud te resedisse. 8 Assecutus ille quos optaverat fasces cupit ponere et subinde dicit: "Quando hic annus praeteribit?" Facit ille ludos, quorum sortem sibi obtingere magno aestimavit: "Quando", inquit, "istos effugiam?" Diripitur ille toto foro patronus et magno concursu omnia ultra quam audiri potest complet: "Quando", inquit, "res proferentur?" Praecipitat quisque vitam suam et futuri desiderio laborat, praesentium taedio. 9 At ille qui nullum non tempus in usus suos confert, qui omnes dies tamquam ultimum ordinat, nec optat crastinum nec timet. Quid enim est quod iam ulla hora novae voluptatis possit afferre? Omnia nota, omnia ad satietatem percepta sunt. De cetero fors fortuna ut volet ordinet: vita iam in tuto est. Huic adici potest, detrahi nihil, et adici sic quemadmodum saturo

in profondità, ma ogni cosa respinge come se fossa introdotta a forza. Nulla è di minor importanza per un uomo affaccendato che il vivere: di nessuna cosa è più difficile la conoscenza. Dappertutto vi sono molti insegnanti delle altre arti, e alcune di esse sembra che i fanciulli le abbiano così assimilate da poterle anche insegnare: tutta la vita dobbiamo imparare a vivere e, cosa della quale forse ti meraviglierai, tutta la vita dobbiamo imparare a morire. Tanti uomini illustri, dopo aver abbandonato ogni ostacolo e aver rinunziato a ricchezze, cariche e piaceri, solo a questo anelarono fino all'ultima ora, di saper vivere; tuttavia molti di essi se ne andarono confessando di non saperlo ancora, a maggior ragione non lo sanno costoro. Credimi, è tipico di un uomo grande e che si eleva al di sopra degli errori umani permettere che nulla venga sottratto dal suo tempo, e la sua vita è molto lunga per questo, perché, per quanto si sia protratta, l'ha dedicata tutta a se stesso. Nessun periodo quindi restò trascurato ed inattivo, nessuno sotto l'influenza di altri; e infatti non trovò alcunché che fosse degno di essere barattato con il suo tempo, gelosissimo custode di esso. Perciò gli fu sufficiente. Ma è inevitabile che sia venuto meno a coloro, dalla cui vita molto tolse via la gente. E non credere che essi una buona volta non capiscano il proprio danno; certamente udirai la maggior parte di quelli, sui quali pesa una grande fortuna, tra la moltitudine dei clienti o la gestione delle cause o tra le altre dignitose miserie esclamare di tanto in tanto: "Non mi è permesso vivere." E perché non gli è permesso? Tutti quelli che ti chiamano a sé, ti allontanano da te. Quell'imputato quanti giorni ti ha sottratto? Quanti quel candidato? Quanti quella vecchia stanca di seppellire eredi? Quanti quello che si è finto ammalato per suscitare l'ingordigia dei cacciatori di testamenti? Quanti quell'influente amico, che vi tiene non per amicizia ma per esteriorità? Passa in rassegna, ti dico, e fai un bilancio dei giorni della tua vita: vedrai che ne sono rimasti ben pochi e male spesi. Quello, dopo aver ottenuto le cariche che aveva desiderato, desidera abbandonarle e ripetutamente dice: "Quando passerà quest'anno?" Quello allestisce i giochi, il cui

iam ac pleno aliquid cibi: quod nec desiderat [et] capit. 10 Non est itaque quod quemquam propter canos aut rugas putes diu vixisse: non ille diu vixit, sed diu fuit. Quid enim, si illum multum putes navigasse quem saeva tempestas a portu exceptum huc et illuc tulit ac vicibus ventorum ex diverso furentium per eadem spatia in orbem egit? Non ille multum navigavit, sed multum iactatus est.

esito gli stava tanto a cuore e dice: "Quando li fuggirò?" Quell'avvocato è conteso in tutto il foro e con grande ressa tutti si affollano fin oltre a dove può essere udito; dice: "Quando verranno proclamate le ferie?" Ognuno consuma la propria vita e si tormenta per il desiderio del futuro e per la noia del presente. Ma quello che sfrutta per se stesso tutto il suo tempo, che programma tutti i giorni come una vita, non desidera il domani né lo teme. Cosa vi è infatti che alcuna ora di nuovo piacere possa apportare? Tutto è noto, tutto è stato assaporato a sazietà. Per il resto la buona sorte disponga come vorrà: la vita è già al sicuro. Ad essa si può aggiungere, ma nulla togliere, e aggiungere così come del cibo ad uno ormai sazio e pieno, che non ne desidera ma lo accoglie. Perciò non c'è motivo che tu ritenga che uno sia vissuto a lungo a causa dei capelli bianchi o delle rughe: costui non è vissuto a lungo, ma è stato in vita a lungo. E così come puoi ritenere che abbia molto navigato uno che una violenta tempesta ha sorpreso fuori dal porto e lo ha sbattuto di qua e di là e lo ha fatto girare in tondo entro lo stesso spazio, in balia di venti che soffiano da direzioni opposte? Non ha navigato molto, ma è stato sballottato molto.

VIII. 1 Mirari soleo cum video aliquos tempus petentes et eos qui rogantur facillimos; illud uterque spectat propter quod tempus petitum est, ipsum quidem neuter: quasi nihil petitur, quasi nihil datur. Re omnium pretiosissima luditur; fallit autem illos, quia res incorporalis est, quia sub oculos non venit ideoque vilissima aestimatur, immo paene nullum eius pretium est. 2 Annua, congiaria homines carissime accipiunt et illis aut laborem aut operam aut diligentiam suam locant: nemo aestimat tempus; utuntur illo laxius quasi gratuito. At eosdem aegros vide, si mortis periculum propius admotum est, medicorum genua tangentes, si metuunt capitale supplicium, omnia sua, ut vivant, paratos impendere! Tanta in illis discordia affectuum est! 3 Quodsi posset quem-admodum praeteritorum annorum cuiusque numerus proponi, sic futurorum, quomodo illi qui paucos viderent superesse trepidarent, quomodo illis parcerent! Atqui facile est quamuis exiguum dispensare quod certum est; id debet servari diligentius quod nescias quando deficiat. 4 Nec

Mi stupisco sempre quando vedo alcuni chiedere tempo e quelli, a cui viene richiesto, tanto accondiscendenti; l'uno e l'altro guardano al motivo per il quale il tempo viene richiesto, nessuno dei due alla sua essenza: lo si chiede come se fosse niente, come se fosse niente lo si concede. Si gioca con la cosa più preziosa di tutte; (il tempo) invece li inganna, poiché è qualcosa di incorporeo, perché non cade sotto gli occhi, e pertanto è considerato cosa di poco conto, anzi non ha quasi nessun prezzo. Gli uomini accettano assegni annui e donativi come cose di caro prezzo e in essi ripongono le loro fatiche, il loro lavoro e la loro scrupolosa attenzione: nessuno considera il tempo: ne fanno un uso troppo sconsiderato, come se esso fosse un bene gratuito. Ma guarda costoro quando sono ammalati, se il pericolo della morte incombe molto da vicino, avvinghiati alle ginocchia dei medici, se temono la pena capitale, pronti a sborsare tutti i loro averi pur di vivere: quanta contraddizione si trova in essi. Che se si potesse in qualche modo mettere

est tamen quod putes illos ignorare quam cara res sit: dicere solent eis quos valdissime diligunt paratos se partem annorum suorum dare: dant nec intellegunt: dant autem ita ut sine illorum incremento sibi detrahant. Sed hoc ipsum an detrahant nesciunt; ideo tolerabilis est illis iactura detrimenti latentis. 5 Nemo restituet annos, nemo iterum te tibi reddet. Ibit qua coepit aetas nec cursum suum aut revocabit aut supprimet; nihil tumultuabitur, nihil admonebit velocitatis suae: tacita labetur. Non illa se regis imperio, non favore populi longius proferet: sicut missa est a primo die, curret, nusquam devertetur, nusquam remorabitur. Quid fiet? Tu occupatus es, vita festinat; mors interim aderit, cui velis nolis vacandum est.

davanti a ciascuno il numero di anni passati di ognuno, così come quelli futuri, come trepiderebbero coloro che ne vedessero restare pochi, come ne risparmierebbero! Eppure è facile gestire ciò che è sicuro, per quanto esiguo; si deve invece curare con maggior solerzia ciò che non sai quando finirà. E non v'è motivo che tu creda che essi non sappiano che cosa preziosa sia: sono soliti dire, a coloro che amano più intensamente, di essere pronti a dare parte dei loro anni. Li danno e non capiscono: cioè li danno in modo da sottrarli a se stessi senza peraltro incrementare quelli. Ma non si accorgono proprio di toglierli; perciò per essi è sopportabile la perdita di un danno nascosto. Nessuno ti restituirà gli anni, nessuno ti renderà nuovamente a te stesso; la vita andrà per dove ha avuto principio e non muterà né arresterà il suo corso; non farà alcun rumore, non lascerà nessuna traccia della propria velocità: scorrerà silenziosamente; non si estenderà oltre né per ordine di re né per favor di popolo: correrà così come ha avuto inizio dal primo giorno, non cambierà mai traiettoria, mai si attarderà. Cosa accadrà? Tu sei tutto preso, la vita si affretta: nel frattempo si avvicinerà la morte, per la quale, volente o nolente, bisogna avere tempo.

IX. 1 Potestne quicquam stultius esse quam quorundam sensus, hominum eorum dico qui prudentiam iactant? Operosius occupati sunt. Ut melius possint vivere, impendio vitae vitam instruunt. Cogitationes suas in longum ordinant; maxima porro vitae iactura dilatio est: illa primum quemque extrahit diem, illa eripit praesentia dum ulteriora promittit. Maximum vivendi impedimentum est expectatio, quae pendet ex crastino, perdit hodiernum. Quod in manu fortunae positum est disponis, quod in tua, dimittis. Quo spectas? Quo te extendis? Omnia quae ventura sunt in incerto iacent: protinus vive. 2 Clamat ecce maximus vates et velut divino horrore instinctus salutare carmen canit: 'Optima quaeque dies miseris mortalibus aevi prima fugit.' "Quid cunctaris?", inquit, "Quid cessas? Nisi occupas, fugit." Et cum occupaveris, tamen fugiet: itaque cum celeritate temporis utendi velocitate certandum est et velut ex torrenti rapido nec semper ituro cito

IX. Cosa potresti immaginare di più insensato di quegli uomini che menano vanto della propria lungimiranza? Sono affaccendati in modo molto impegnativo: per poter vivere meglio organizzano la vita a scapito della vita. Fanno progetti a lungo termine; d'altra parte la più grande sciagura della vita è il suo procrastinarla: innanzitutto questo toglie rimanda ogni giorno, distrugge il presente mentre promette il futuro. Il più grande ostacolo al vivere è l'attesa, che dipende dal domani, ma perde l'oggi. Disponi ciò che è posto in grembo al fato e trascuri ciò che è in tuo potere. Dove vuoi mirare? Dove vuoi arrivare? Sono avvolti dall'incertezza tutti gli avvenimenti futuri: vivi senza arrestarti. Ecco, grida il sommo poeta16 e come ispirato da bocca divina eleva un carme salvifico: "I primi a fuggire per gli infelici mortali sono i giorni migliori della vita." Dice: "Perché esiti? Perché indugi? Se non te ne appropri, (i giorni migliori) fuggono." E pure quando te ne sarai

---

16 Virgilio, nelle Georgiche (libro III, 65-66).

hauriendum. 3 Hoc quoque pulcherrime ad exprobrandam infinitam cogitationem quod non optimam quamque aetatem sed diem dicit. Quid securus et in tanta temporum fuga lentus menses tibi et annos in longam seriem, utcumque aviditati tuae visum est, exporrigis? De die tecum loquitur et de hoc ipso fugiente. 4 Num dubium est ergo quin prima quaeque optima dies fugiat mortalibus miseris, id est occupatis? Quorum puerilis adhuc animos senectus opprimit, ad quam imparati inermesque perveniunt; nihil enim provisum est: subito in illam necopinantes inciderunt, accedere eam cotidie non sentiebant. 5 Quemadmodum aut sermo aut lectio aut aliqua intentior cogitatio iter facientis decipit et pervenisse ante sciunt quam appropinquasse, sic hoc iter vitae assiduum et citatissimum quod vigilantes dormientesque eodem gradu facimus occupatis non apparet nisi in fine.

X. 1 Quod proposui si in partes velim et argumenta diducere, multa mihi occurrent per quae probem brevissimam esse occupatorum vitam. Solebat dicere Fabianus, non ex his cathedrariis philosophis, sed ex veris et antiquis, "contra affectus impetu, non subtilitate pugnandum, nec minutis vulneribus sed incursu avertendam aciem". Non probabat cavillationes: "enim contundi debere, non vellicari." Tamen, ut illis error exprobretur suus, docendi non tantum deplorandi sunt. 2 In tria tempora vita dividitur: quod fuit, quod est, quod futurum est. Ex his quod agimus breve est, quod acturi sumus dubium, quod egimus certum. Hoc est enim in quod fortuna ius perdidit, quod in nullius arbitrium reduci potest. 3 Hoc amittunt occupati; nec enim illis vacat praeterita respicere, et si vacet iniucunda est paenitendae rei recordatio. Inviti itaque ad tempora male

impossessato, essi fuggiranno: pertanto bisogna combattere con il farne rapidamente uso (lett.: la rapidità del farne uso) contro la velocità del tempo e attingerne rapidamente come da un torrente impetuoso e che non scorre per sempre. Anche ciò è molto bello, che per rimproverare un indugio senza fine, dica non "il tempo migliore", ma "i giorni migliori." Perché tu, tranquillo e indifferente in tanto fuggire del tempo prefiguri per te una lunga serie di mesi e di anni, a seconda che appaia opportuno alla tua avidità? (Virgilio) ti parla di un giorno e di un giorno che fugge. Vi è dunque dubbio che i migliori giorni fuggano ai mortali sventurati, cioè affaccendati? Sui loro animi ancora infantili preme la vecchiaia, alla quale giungono impreparati ed indifesi; nulla infatti fu previsto: improvvisamente e senza aspettarselo si imbatterono in essa, non si accorgevano che essa si avvicinava giorno dopo giorno. Allo stesso modo che un discorso o una lettura o un pensiero alquanto intenso trae in inganno chi percorre un cammino e si accorge di essere giunto prima di essersi avvicinato (alla meta), così questo viaggio della vita, costante e velocissimo, che percorriamo con la stessa andatura da svegli e da addormentati, non si manifesta agli affaccendati se non alla fine.

X. Se volessi dividere ciò che ho esposto e le argomentazioni, mi verrebbero in aiuto molte cose attraverso le quali posso dimostrare che la vita degli affaccendati è molto breve. Soleva affermare Fabiano17, il quale non fa parte di questi filosofi cattedratici ma di quelli genuini e vecchio stampo, che contro le passioni bisogna combattere d'istinto, non di sottigliezza, e respingerne la schiera (delle passioni) non con piccoli colpi ma con un assalto: infatti esse devono essere pestate, non punzecchiate. Tuttavia, per rinfacciare ad esse il loro errore, bisogna non tanto rimproverarle ma ammaestrarle. La vita si divide in tre tempi: passato, presente e futuro. Di questi il presente è breve, il futuro incerto, il passato sicuro. Solo su quest'ultimo, infatti, la fortuna ha perso la sua autorità, perché non può essere ridotto in potere di nessuno. Questo perdono gli affaccendati:

---

17 Fabiano (Papirio), retore e filosofo latino del I sec. d.C. Appartenente alla scuola neostoica dei Sesti, nel cui ambito si formò anche Seneca, è da lui menzionato con parole di grande elogio per l'eloquenza e il pensiero.

exacta animum revocant nec audent ea retemptare quorum vitia, etiam quae aliquo praesentis voluptatis lenocinio surripiebantur, retractando patescunt. Nemo, nisi quoi omnia acta sunt sub censura sua, quae numquam fallitur, libenter se in praeteritum retorquet: 4 ille qui multa ambitiose concupiit superbe contempsit, impotenter vicit insidiose decepit, avare rapuit prodige effudit, necesse est memoriam suam timeat. Atqui haec est pars temporis nostri sacra ac dedicata, omnis humanos casus supergressa, extra regnum fortunae subducta, quam non inopia, non metus, non morborum incursus exagitet; haec nec turbari nec eripi potest; perpetua eius et intrepida possessio est. Singuli tantum dies, et hi per momenta, praesentes sunt; at praeteriti temporis omnes, cum jusseritis, aderunt, ad arbitrium tuum inspici se ac detineri patientur, quod facere occupatis non vacat. 5 Securae et quietae mentis est in omnes vitae suae partes discurrere; occupatorum animi, velut sub iugo sint, flectere se ac respicere non possunt. Abit igitur vita eorum in profundum; et ut nihil prodest, licet quantumlibet ingeras, si non subest quod excipiat ac servet, sic nihil refert quantum temporis detur, si non est ubi subsidat: per quassos foratosque animos transmittitur. 6 Praesens tempus brevissimum est, adeo quidem ut quibusdam nullum videatur; in cursu enim semper est, fluit et praecipitatur; ante desinit esse quam venit, nec magis moram patitur quam mundus aut sidera, quorum irrequieta semper agitatio numquam in eodem vestigio manet. Solum igitur ad occupatos praesens pertinet tempus, quod tam breve est ut arripi non possit, et id ipsum illis districtis in multa subducitur.

XI. 1 Denique vis scire quam non diu vivant? Vide quam cupiant diu vivere. Decrepiti senes paucorum annorum accessionem votis

infatti non hanno il tempo di guardare il passato e, se lo avessero, sarebbe sgradevole il ricordo di un fatto di cui pentirsi. Malvolentieri pertanto rivolgono l'animo a momenti mal vissuti e non osano riesaminare cose, i cui vizi si manifestano ripensandole, anche quelli che vengono nascosti con qualche artificio del piacere presente. Nessuno, se non coloro che hanno sempre agito secondo la propria coscienza, che mai si inganna, si rivolge volentieri al passato; chi ha desiderato molte cose con ambizione, ha sprezzato con superbia, si è imposto senza regola né freno, ha ingannato con perfidia, ha sottratto con cupidigia, ha sprecato con leggerezza, ha paura della sua memoria. Eppure questa è la parte del nostro tempo sacra ed inviolabile, al di sopra di tutte le vicende umane, posta al di fuori del regno della fortuna, che non turba né la fame, né la paura, né l'assalto delle malattie; essa non può essere turbata né sottratta: il suo possesso è eterno e inalterabile. Soltanto a uno a uno sono presenti i giorni e momento per momento; ma tutti (i giorni) del tempo passato si presenteranno quando tu glielo ordinerai, tollereranno di essere esaminati e trattenuti a tuo piacimento, cosa che gli affaccendati non hanno tempo di fare. È tipico di una mente serena e tranquilla spaziare in ogni parte della propria vita; gli animi degli affaccendati, come se fossero sotto un giogo, non possono piegarsi né voltarsi. La loro vita dunque precipita in un baratro e come non serve a nulla, qualsiasi quantità tu possa ficcarne dentro, se non vi è sotto qualcosa che la raccolga e la contenga [come un recipiente senza fondo], così non importa quanto tempo è concesso, se non vi è nulla dove posarsi: viene fatto passare attraverso animi fiaccati e bucati. Il presente è brevissimo, tanto che a qualcuno sembra inesistente; infatti è sempre in corsa, scorre e si precipita; smette di esistere prima di giungere, e non ammette indugio più che il creato o le stelle, il cui moto sempre incessante non rimane mai nello stesso luogo. Dunque agli affaccendati spetta solo il presente, che è così breve da non poter essere afferrato e che si sottrae a chi è oppresso da molte occupazioni.

XI. Vuoi dunque sapere quanto poco tempo (gli affaccendati) vivano? Vedi quanto desiderano vivere a lungo. Vecchi decrepiti mendicano con

mendicant: minores natu se ipsos esse fingunt; mendacio sibi blandiuntur et tam libenter se fallunt quam si una fata decipiant. Iam vero cum illos aliqua imbecillitas mortalitatis admonuit, quemadmodum paventes moriuntur, non tamquam exeant de vita sed tamquam extrahantur. Stultos se fuisse ut non vixerint clamitant et, si modo evaserint ex illa valetudine, in otio victuros; tunc quam frustra paraverint quibus non fruerentur, quam in cassum omnis ceciderit labor cogitant. 2 At quibus vita procul ab omni negotio agitur, quidni spatiosa sit? Nihil ex illa delegatur, nihil alio atque alio spargitur, nihil inde fortunae traditur, nihil neglegentia interit, nihil largitione detrahitur, nihil supervacuum est: tota, ut ita dicam, in reditu est. Quantulacumque itaque abunde sufficit, et ideo, quandoque ultimus dies venerit, non cunctabitur sapiens ire ad mortem certo gradu.

suppliche l'aggiunta di pochi anni: fingono di essere più giovani; si lusingano con la bugia e illudono se stessi così volentieri come se ingannassero al tempo stesso il destino. Però quando qualche infermità li ammonisce del loro stato mortale, come muoiono terrorizzati, non come uscendo dalla vita, ma come se ne fossero tirati fuori! Van gridando di essere stati stolti, tanto da non aver vissuto e se in qualche modo vengono fuori da quella malattia, di voler vivere in pace; allora pensano a quante cose si siano procurate invano, e delle quali non avrebbero fatto uso, come nel vuoto sia caduta ogni loro fatica. Ma per chi la vita trascorre lungi da ogni faccenda, perché non dovrebbe essere di lunga durata? Nulla di essa è affidato ad altri, nulla è sparpagliato qua e là, nulla perciò è affidato alla fortuna, nulla si consuma per noncuranza, nulla si dissipa per prodigalità, nulla è superfluo: tutta la vita, per così dire, produce un reddito. Per quanto breve, dunque, è abbondantemente sufficiente, e perciò, quando che venga il giorno estremo, il saggio non esiterà ad andare incontro alla morte con passo fermo.

XII. 1 Quaeris fortasse quos occupatos vocem? Non quod me solos putes dicere quos a basilica immissi demum canes eiciunt, quos aut in sua vides turba speciosius elidi aut in aliena contemptius, quos officia domibus suis evocant ut alienis foribus illidant, [aut] hasta praetoris infami lucro et quandoque suppuraturo exercet. 2 Quorundam otium occupatum est: in villa aut in lecto suo, in media solitudine, quamvis ab omnibus recesserint, sibi ipsi molesti sunt: quorum non otiosa vita dicenda est sed desidiosa occupatio. Illum tu otiosum vocas qui Corinthia, paucorum furore pretiosa, anxia subtilitate concinnat et maiorem dierum partem in aeruginosis lamellis consumit? qui in ceromate (nam, pro facinus! ne Romanis quidem vitiis laboramus) spectator puerorum rixantium sedet? qui iumentorum suorum greges in aetatum et colorum paria diducit? qui athletas novissimos pascit? 3 Quid? Illos otiosos vocas quibus apud tonsorem multae horae transmittuntur, dum decerpitur si quid proxima nocte succrevit, dum de singulis capillis in consilium itur, dum aut disiecta coma restituitur

XII. Chiedi forse chi io definisco affaccendati? Non pensare che io bolli come tali solo quelli che soltanto cani aizzati riescono a cacciar fuori dalla basilica, quelli che vedi esser stritolati o con maggior lustro nella propria folla di clienti o più vergognosamente quella dei clienti altrui, quelli che gli impegni spingono fuori dalle proprie case per schiacciarli con gli affari altrui, o che l'asta del pretore fa travagliare con un guadagno disonorevole e destinato un giorno ad incancrenire18. Il tempo libero di alcuni è tutto impegnato: nella loro villa o nel loro letto, nel bel mezzo della solitudine, benché si siano isolati da tutti, sono fastidiosi a se stessi: la loro non deve definirsi una vita sfaccendata ma un inoperoso affaccendarsi. Puoi chiamare sfaccendato chi dispone in ordine con minuziosa pignoleria bronzi di Corinto, pregiati per la passione di pochi, e spreca la maggior parte dei giorni tra laminette rugginose? Chi in palestra (infatti, che orrore!, neppur romani sono i vizi di cui soffriamo) siede come spettatore di ragazzi che lottano? Chi divide le mandrie dei propri giumenti in coppie di uguale età e colore? Chi

---

18 Si riferisce alla vendita all'asta dei bottini di guerra e degli schiavi, il cui commercio era ritenuto disonorevole.

aut deficiens hinc atque illinc in frontem compellitur? Quomodo irascuntur, si tonsor paulo neglegentior fuit, tamquam virum tonderet! Quomodo excandescunt si quid ex iuba sua decisum est, si quid extra ordinem iacuit, nisi omnia in anulos suos reciderunt! Quis est istorum qui non malit rem publicam turbari quam comam suam? qui non sollicitior sit de capitis sui decore quam de salute? qui non comptior esse malit quam honestior? Hos tu otiosos vocas inter pectinem speculumque occupatos? 4 Quid illi qui in componendis, audiendis, discendis canticis operati sunt, dum vocem, cuius rectum cursum natura et optimum et simplicissimum fecit, in flexus modulationis inertissimae torquent, quorum digiti aliquod intra se carmen metientes semper sonant, quorum, cum ad res serias, etiam saepe tristes adhibiti sunt, exauditur tacita modulatio? Non habent isti otium, sed iners negotium. 5 Conviuia me hercules horum non posuerim inter vacantia tempora, cum videam quam solliciti argentum ordinent, quam diligenter exoletorum suorum tunicas succingant, quam suspensi sint quomodo aper a coco exeat, qua celeritate signo dato glabri ad ministeria discurrant, quanta arte scindantur aves in frusta non enormia, quam curiose infelices pueruli ebriorum sputa detergeant: ex his elegantiae lautitiaeque fama captatur et usque eo in omnes vitae secessus mala sua illos sequuntur, ut nec bibant sine ambitione nec edant. 6 Ne illos quidem inter otiosos numeraveris qui sella se et lectica huc et illuc ferunt et ad gestationum suarum, quasi deserere illas non liceat, horas occurrunt, quos quando lavari debeant, quando natare, quando cenare alius admonet: [et] usque eo nimio delicati animi languore solvuntur, ut per se scire non possint an esuriant. 7 Audio quendam ex delicatis (si modo deliciae vocandae sunt vitam et consuetudinem humanam dediscere), cum ex balneo inter manus elatus et in sella positus esset, dixisse interrogando: "Iam sedeo?" Hunc tu ignorantem an sedeat putas scire an vivat, an videat, an otiosus sit? Non facile dixerim utrum magis miserear, si hoc ignoravit an si ignorare se finxit. 8 Multarum quidem rerum oblivionem

nutre gli atleti giunti ultimi? E che? Chiami sfaccendati quelli che passano molte ore dal barbiere, mentre si estirpa qualcosa che spuntò nell'ultima notte, mentre si tiene un consulto su ogni singolo capello, mentre o si rimette a posto la chioma in disordine o si sistema sulla fronte da ambo i lati quella rada? Come si arrabbiano se il barbiere è stato un po' disattento, come se tosasse un uomo! Come si irritano se viene tagliato qualcosa dalla loro criniera, se qualcosa è stato mal acconciato, se tutto non ricade in anelli perfetti! Chi di costoro non preferisce che sia in disordine lo Stato piuttosto che la propria chioma? Che non sia più preoccupato della grazia della sua testa che della sua incolumità? Che non preferisca essere più elegante che dignitoso? Questi tu definisci sfaccendati, affaccendati tra il pettine e lo specchio? Quelli che sono dediti a comporre, sentire ed imparare canzoni, mentre torcono in modulazioni di ritmo molto modesto la voce, di cui la natura rese il corretto cammino il migliore e il più semplice, le cui dita cadenzanti suonano sempre qualche carme dentro di sé, e di cui si ode il silenzioso ritmo quando si rivolgono a cose serie e spesso anche tristi? Costoro non hanno tempo libero, ma occupazioni oziose. Di certo non annovererei i banchetti di costoro tra il tempo libero, quando vedo con quanta premura dispongono l'argenteria, con quanta cura sistemano le tuniche dei loro amasi19, quanto siano trepidanti per come il cinghiale vien fuori dalle mani del cuoco, con quanta sollecitudine i glabri20 accorrono ai loro servigi ad un dato segnale, con quanta maestria vengano tagliati gli uccelli in pezzi non irregolari, con quanto zelo infelici fanciulli detergano gli sputi degli ubriachi: da essi si cerca fama di eleganza e di lusso e a tal punto li seguono le loro aberrazioni in ogni recesso della vita, che non bevono né mangiano senza ostentazione. Neppure annovererei tra gli sfaccendati coloro che vanno in giro sulla portantina o sulla lettiga e si presentano all'ora delle loro passeggiate come se non gli fosse permesso rinunziarvi, e che un altro deve avvertire quando si devono lavare, quando devono nuotare o cenare: e a tal punto

---

19 Giovani che si vendevano per libidine.
20 Schiavi che si facevano depilare per assumere un aspetto femmineo.

sentiunt, sed multarum et imitantur; quaedam vitia illos quasi felicitatis argumenta delectant; nimis humilis et contempti hominis videtur scire quid facias: i nunc et mimos multa mentiri ad exprobrandam luxuriam puta. Plura me hercules praetereunt quam fingunt et tanta incredibilium vitiorum copia ingenioso in hoc unum saeculo processit, ut iam mimorum arguere possimus neglegentiam. Esse aliquem qui usque eo deliciis interierit ut an sedeat alteri credat! 9 Non est ergo hic otiosus, aliud illi nomen imponas; aeger est, immo mortuus est; ille otiosus est cui otii sui et sensus est. Hic vero semivivus, cui ad intellegendos corporis sui habitus indice opus est, quomodo potest hic ullius temporis dominus esse?

illanguidiscono in troppa fiacchezza di un animo delicato, da non potersi accorgere da soli se hanno fame. Sento che uno di questi delicati - se pure si può chiamare delicatezza il disimparare la vita e la consuetudine umana - , trasportato a mano dal bagno e sistemato su una portantina, abbia detto chiedendo: "Sono già seduto?" Tu reputi che costui che ignora se sta seduto sappia se è vivo, se vede e se è sfaccendato? Non è facile dire se mi fa più pena se non lo sapeva o se fingeva di non saperlo. Certamente di molte cose soffrono in realtà la dimenticanza, ma di molte anche la simulano; alcuni vizi li allettano come oggetto di felicità; sembra che il sapere cosa fai sia tipico dell'uomo umile e disprezzato; ora va e credi che i mimi inventano molte cose per biasimare il lusso. Certo trascurano più di quanto rappresentano ed è apparsa tanta abbondanza di vizi incredibili in questo solo secolo, che ormai possiamo dimostrare la trascuratezza dei mimi. Vi è qualcuno che si consuma a tal punto nelle raffinatezze da credere ad un altro se è seduto! Dunque costui non è sfaccendato, dagli un altro nome: è malato, anzi è morto; sfaccendato è quello che è consapevole del suo tempo libero. Ma questo semivivo, a cui è necessaria una spia che gli faccia capire lo stato del suo corpo, come può costui essere padrone di alcun momento?

XIII 1 Persequi singulos longum est quorum aut latrunculi aut pila aut excoquendi in sole corporis cura consumpsere vitam. Non sunt otiosi quorum voluptates multum negotii habent. Nam de illis nemo dubitabit quin operose nihil agant, qui litterarum inutilium studiis detinentur, quae iam apud Romanos quoque magna manus est. 2 Graecorum iste morbus fuit quaerere quem numerum Ulixes remigum habuisset, prior scripta esset Ilias an Odyssia, praeterea an eiusdem esset auctoris, alia deinceps huius notae, quae sive contineas nihil tacitam conscientiam iuvant, sive proferas non doctior videaris sed molestior. 3 Ecce Romanos quoque invasit inane studium supervacua discendi; his diebus audivi quendam referentem quae primus quisque ex Romanis ducibus fecisset: primus navali proelio Duilius vicit,

XIII. Sarebbe lungo enumerare uno ad uno coloro la cui vita consumarono gli scacchi o la palla o la cura del corpo con il sole. Non sono sfaccendati quelli i cui piaceri costano molta fatica.. Infatti di essi nessuno dubiterà che non fanno nulla con fatica, che si tengono occupati in studi di inutili opere letterarie, le quali ormai anche presso i Romani sono un cospicuo numero. Fu malattia dei Greci questo domandarsi quanti rematori abbia avuto Ulisse, se sia stata scritta prima l'Iliade o l'Odissea e inoltre se fossero dello stesso autore, e poi altre cose di questo genere che, se le tieni per te per nulla sono utili ad una silenziosa conoscenza, se le divulghi non sembrerai più istruito ma più importuno. Ecco che ha invaso anche i Romani un vano desiderio di apprendere cose superflue. In questi giorni ho sentito un tizio che andava

primus Curius Dentatus in triumpho duxit elephantos. Etiamnunc ista, etsi ad veram gloriam non tendunt, circa civilium tamen operum exempla versantur; non est profutura talis scientia, est tamen quae nos speciosa rerum vanitate detineat. 4 Hoc quoque quaerentibus remittamus quis Romanis primus persuaserit navem conscendere (Claudius is fuit, Caudex ob hoc ipsum appellatus quia plurium tabularum contextus caudex apud antiquos vocatur, unde publicae tabulae codices dicuntur et naves nunc quoque ex antiqua consuetudine quae commeatus per Tiberim subvehunt codicariae vocantur) ; 5 sane et hoc ad rem pertineat, quod Valerius Corvinus primus Messanam vicit et primus ex familia Valeriorum, urbis captae in se translato nomine, Messana appellatus est paulatimque vulgo permutante litteras Messala dictus: 6 num et hoc cuiquam curare permittes quod primus L. Sulla in circo leones solutos dedit, cum alioquin alligati darentur, ad conficiendos eos missis a rege Boccho iaculatoribus? Et hoc sane remittatur: num et Pompeium primum in circo elephantorum duodeviginti pugnam edidisse commissis more proelii noxiis hominibus, ad ullam rem bonam pertinet? Princeps civitatis et inter antiquos principes (ut fama tradidit) bonitatis eximiae memorabile putavit spectaculi genus novo more perdere homines. Depugnant? Parum est. Lancinantur? Parum est: ingenti mole animalium exterantur! 7 Satius erat ista in oblivionem ire, ne quis postea potens disceret invideretque rei minime humanae. O quantum caliginis mentibus nostris obicit magna felicitas! Ille se supra rerum naturam esse tunc credidit, cum tot miserorum hominum catervas sub alio caelo natis beluis obiceret, cum bellum inter tam

dicendo quali cose ognuno dei generali romani ha fatto per primo: per primo Duilio21 vinse in una battaglia navale, per primo Curio Dentato22 introdusse gli elefanti nella sfilata del trionfo. Ancora queste cose, anche se non mirano ad una vera gloria, almeno trattano esempi di opere civili: questa conoscenza non sarà di utilità, perlomeno è tale da tenerci interessati dalla splendida vanità delle cose. Perdoniamo anche ciò a chi si chiede chi per primo convinse i Romani a salire su una nave (è stato Claudio, proprio per questo chiamato Codice23, perché l'aggregato di parecchie tavole era chiamato "codice" presso gli antichi, per cui i pubblici registri si dicono "codici" e anche ora le navi, che trasportano le derrate lungo il Tevere, per antica consuetudine vengono chiamate "codicarie"); certamente anche ciò ha importanza, che Valerio Corvino24 per primo debellò Messina e fu il primo della gente Valeria ad esser chiamato Messana, avendo trasferito nel suo nome quello della città conquistata, e poi fu detto Messalla avendone il popolo poco alla volta alterato le lettere: ma permetterai anche che qualcuno si occupi del fatto che Lucio Silla per primo presentò nel circo leoni sciolti, quando normalmente venivano esibiti legati, essendo stati inviati dal re Bocco25 degli arcieri per ucciderli? E si perdoni pure questo: forse che serve a qualcosa di buono che Pompeo per primo abbia allestito nel circo una battaglia di diciotto elefanti opposti come in combattimento a dei condannati? Il primo della città e tra i primi degli antichi, come si tramanda, di eccezionale bontà, considerò un genere di spettacolo degno di esser ricordato il far morire degli uomini in una maniera nuova. "Combattono all'ultimo sangue? È poco. Sono dilaniati? È poco:

---

21 Duilio (Caio), console romano nel 260 a.C. Al comando della prima flotta romana, riportò, nel corso della prima guerra punica, una grande vittoria a Milazzo. Il successo fu soprattutto dovuto all'accorgimento di dotare le navi di corvi, macchine belliche con le quali venivano afferrate le navi avversarie rendendo possibile l'arrembaggio.
22 Curio Dentato (Manio), uomo politico e generale romano († 270 a.C.). Tre volte console e due volte onorato del trionfo, vinse i Sanniti, i Bruzi, i Lucani, i Sabini, i Galli Senoni e infine Pirro nella battaglia di Benevento (275 a.C.). 23 Claudio (Appio Caudice), patrizio romano (secc. IV - III a.C.), fratello di Appio Claudio Cieco. Console nel 264 a.C., diede inizio formalmente alla prima guerra punica inviando a Messina una guarnigione in aiuto dei Mamertini e liberando in seguito la città dall'assedio congiunto dei Cartaginesi e di Gerone di Siracusa.
24 Valerio Massimo Messalla (Marco o Manio), uomo politico e generale romano (III sec. a.C.). Console nel 263 a.C., liberò Messina da Cartaginesi e Siracusani, inducendo alla pace Gerone II (da qui il soprannome di Messalla).
25 Bòcco I, re della Mauretania tra il 110 e l'80 a.C., suocero di Giugurta, con il quale combatté contro i Romani. Vinto due volte da Mario, in seguito consegnò il genero a Silla e ne ebbe in ricompensa la Numidia occidentale (105 a.C. circa).

disparia animalia committeret, cum in conspectum populi Romani multum sanguinis funderet mox plus ipsum fundere coacturus; at idem postea Alexandrina perfidia deceptus ultimo mancipio transfodiendum se praebuit, tum demum intellecta inani iactatione cognominis sui. 8 Sed, ut illo revertar unde decessi et in eadem materia ostendam supervacuam quorundam diligentiam, idem narrabat Metellum, victis in Sicilia Poenis triumphantem, unum omnium Romanorum ante currum centum et viginti captivos elephantos duxisse; Sullam ultimum Romanorum protulisse pomerium, quod numquam provinciali sed Italico agro adquisito proferre moris apud antiquos fuit. Hoc scire magis prodest quam Aventinum montem extra pomerium esse, ut ille affirmabat, propter alteram ex duabus causis, aut quod plebs eo secessisset aut quod Remo auspicante illo loco aves non addixissent, alia deinceps innumerabilia quae aut farta sunt mendaciis aut similia? 9 Nam ut concedas omnia eos fide bona dicere, ut ad praestationem scribant, tamen cuius ista errores minuent? cuius cupiditates prement? quem fortiorem, quem iustiorem, quem liberaliorem facient? Dubitare se interim Fabianus noster aiebat an satius esset nullis studiis admoveri quam his implicari.

vengano schiacciati dall'enorme mole degli animali!". Era meglio che queste cose andassero nel dimenticatoio, affinché in seguito nessun potente imparasse ed invidiasse una cosa del tutto disumana. Quanta nebbia mette avanti alle nostre menti una grande fortuna! Egli allora ritenne di essere al di sopra della natura, esponendo a bestie nate sotto un cielo straniero tante schiere di infelici, organizzando combattimenti tra animali tanto dissimili, spandendo molto sangue al cospetto del popolo Romano, che presto lo avrebbe costretto a versarne di più26; ma poi, ingannato dalla perfidia alessandrina27, si offrì per essere ucciso dall'ultimo schiavo28, capendo solo allora l'inutile vanagloria del proprio soprannome (Magno) Ma per tornar lì da dove principiai e per dimostrare nella stessa materia il vacuo zelo di certuni, quello stesso narrava che Metello29, dopo aver sconfitto in Sicilia i Cartaginesi, fu il solo tra quelli che ottennero il trionfo tra tutti i Romani ad aver condotto davanti al cocchio centoventi elefanti prigionieri; che Silla fu l'ultimo dei Romani ad aver ampliato il pomerio30, che mai fu esteso, per antica consuetudine, con l'acquisizione di terreno provinciale, ma italico. Sapere ciò è più utile che sapere che il monte Aventino si trova fuori dal pomerio, come quegli asseriva, per uno dei due motivi: o perché la plebe da lì aveva fatto la secessione, o perché mentre in quel luogo Remo prendeva gli auspici, gli uccelli non avevano dato buoni presagi, e via dicendo altre cose innumerevoli, che o sono farcite di bugie o sono simili a bugie. Infatti, anche ammesso che essi dicano tutto ciò in buona fede, che scrivano cose che sono in grado di dimostrare, tuttavia di chi queste cose faranno diminuire gli errori? Di chi freneranno le passioni? Chi renderanno più saldo, chi più giusto, chi più altruista? Talora il nostro Fabiano diceva di dubitare se fosse meglio non accostarsi a nessuno studio piuttosto

---

26 La guerra civile tra Cesare e Pompeo.
27 Il tradimento di Tolomeo.
28 L'eunuco Achillas, che pugnalò Pompeo a tradimento.
29 Cecilio Metèllo (Lucio), generale e uomo politico romano († 221 a.C.). Console nel 251 e nel 247 a.C., comandante della cavalleria in Sicilia (249), pontefice massimo dal 243 al 221, dittatore nel 224, riportò una splendida vittoria sull'esercito cartaginese fornito di elefanti sotto le mura di Palermo (250) e, secondo la tradizione, perdette la vista nel 241 a.C. nel tentativo di salvare il Palladio dall'incendio del tempio di Vesta.
30 Spazio di terreno, consacrato e lasciato libero, all'interno e all'esterno della cinta muraria di Roma.

XIV. 1 Soli omnium otiosi sunt qui sapientiae vacant, soli vivunt; nec enim suam tantum aetatem bene tuentur: omne aevum suo adiciunt; quicquid annorum ante illos actum est, illis adquisitum est. Nisi ingratissimi sumus, illi clarissimi sacrarum opinionum conditores nobis nati sunt, nobis vitam praeparaverunt. Ad res pulcherrimas ex tenebris ad lucem erutas alieno labore deducimur; nullo nobis saeculo interdictum est, in omnia admittimur et, si magnitudine animi egredi humanae imbecillitatis angustias libet, multum per quod spatiemur temporis est. 2 Disputare cum Socrate licet, dubitare cum Carneade, cum Epicuro quiescere, hominis naturam cum Stoicis vincere, cum Cynicis excedere. Cum rerum natura in consortium omnis aevi patiatur incedere, quidni ab hoc exiguo et caduco temporis transitu in illa toto nos demus animo quae immensa, quae aeterna sunt, quae cum melioribus communia? 3 Isti qui per officia discursant, qui se aliosque inquietant, cum bene insanierint, cum omnium limina cotidie perambulaverint nec ullas apertas fores praeterierint, cum per diversissimas domos meritoriam salutationem circumtulerint, quotum quemque ex tam immensa et variis cupiditatibus districta urbe poterunt videre? 4 Quam multi erunt quorum illos aut somnus aut luxuria aut inhumanitas summoveat! Quam multi qui illos, cum diu torserint, simulata festinatione transcurrant! Quam multi per refertum clientibus atrium prodire vitabunt et per obscuros aedium aditus profugient, quasi non inhumanius sit decipere quam excludere! Quam multi hesterna crapula semisomnes et graves illis miseris suum somnum rumpentibus ut alienum exspectent, vix allevatis labris insusurratum miliens nomen oscitatione superbissima reddent! 5 Hos in veris officiis morari putamus, licet dicant, qui Zenonem, qui Pythagoran cotidie et Democritum ceterosque antistites bonarum artium, qui Aristotelen et Theophrastum volent habere quam familiarissimos. Nemo horum non vacabit, nemo non venientem ad se beatiorem, amantiorem sui dimittet, nemo quemquam vacuis a se manibus abire patietur; nocte conveniri, interdiu ab omnibus mortalibus possunt.

che impelagarsi in questi.

XIV. Soli tra tutti sono sfaccendati coloro che s dedicano alla saggezza, essi soli vivono; e infatt non solo custodiscono bene la propria vita aggiungono ogni età alla propria; qualsiasi cosa degli anni prima di essi è stata fatta, per essi è cosa acquisita. Se non siamo persone molto ingrate quegli illustrissimi fondatori di sacre dottrine sono nati per noi, per noi hanno preparato la vita. Siamo guidati dalla fatica altrui verso nobilissime imprese, fatte uscire fuori dalle tenebre verso la luce; non siamo vietati a nessun secolo, in tutt siamo ammessi e, se ci aggrada di venir fuori cor la grandezza dell'animo dalle angustie della debolezza umana, vi è molto tempo attraverso cu potremo spaziare. Possiamo discorrere con Socrate dubitare con Carneade, riposare con Epicuro vincere con gli Stoici la natura dell'uomo, andarv oltre con i Cinici. Permettendoci la natura d estenderci nella partecipazione di ogni tempo perché non elevarci con tutto il nostro spirito da questo esiguo e caduco passar del tempo verso quelle cose che sono immense, eterne e in comune con i migliori? Costoro, che corrono di qua e di là per gli impegni, che non lasciano in pace se stessi e gli altri, quando sono bene impazziti, quando hanno quotidianamente peregrinato per gli usci gl tutti e non hanno trascurato nessuna porta aperta quando hanno portato per case lontanissime il saluto interessato [del cliente verso il patrono, ricompensato in cibarie], quanto e chi hanno potuto vedere di una città tanto immensa e avvinta in varie passioni? Quanti saranno quelli di cui il sonno o l libidine o la grossolanità li respingerà! Quant quelli che, dopo averli tormentati a lungo, l trascureranno con finta premura! Quanti eviteranno di mostrarsi per l'atrio zeppo di clienti e fuggiranno via attraverso uscite segrete delle case, come se non fosse più scortese l'inganno che il non lasciarl entrare! Quanti mezzo addormentati e imbolsit dalla gozzoviglia del giorno precedente, a que miseri che interrompono il proprio sonno per aspettare quello altrui, a stento sollevando le labbra emetteranno con arroganti sbadigli il nome mille volte sussurrato! Si può ben dire che indugiano ir veri impegni coloro che vogliono essere ogn giorno quanto più intimi di Zenone, di Pitagora, d Democrito e

XV. 1 Horum te mori nemo coget, omnes docebunt; horum nemo annos tuos conterit, suos tibi contribuit; nullius ex his sermo periculosus erit, nullius amicitia capitalis, nullius sumptuosa observatio. Feres ex illis quicquid voles; per illos non stabit quominus quantum plurimum cupieris haurias. 2 Quae illum felicitas, quam pulchra senectus manet, qui se in horum clientelam contulit! Habebit cum quibus de minimis maximisque rebus deliberet, quos de se cotidie consulat, a quibus audiat verum sine contumelia, laudetur sine adulatione, ad quorum se similitudinem effingat. 3 Solemus dicere non fuisse in nostra potestate quos sortiremur parentes, forte nobis datos: bonis vero ad suum arbitrium nasci licet. Nobilissimorum ingeniorum familiae sunt: elige in quam adscisci velis; non in nomen tantum adoptaberis, sed in ipsa bona, quae non erunt sordide nec maligne custodienda: maiora fient quo illa pluribus diviseris. 4 Hi tibi dabunt ad aeternitatem iter et te in illum locum ex quo nemo deicitur sublevabunt. Haec una ratio est extendendae mortalitatis, immo in immortalitatem vertendae. Honores, monumenta, quicquid aut decretis ambitio iussit aut operibus exstruxit cito subruitur, nihil non longa demolitur vetustas et movet; at iis quae consecravit sapientia nocere non potest; nulla abolebit aetas, nulla deminuet; sequens ac deinde semper ulterior aliquid ad venerationem conferet, quoniam quidem in vicino versatur invidia, simplicius longe posita miramur. 5 Sapientis ergo multum patet vita; non idem illum qui ceteros terminus cludit; solus generis humani legibus solvitur; omnia illi saecula ut deo serviunt. Transiit tempus aliquod? hoc recordatione comprendit; instat? hoc utitur; venturum est? hoc praecipit. Longam illi vitam facit omnium temporum in unum collatio.

degli altri sacerdoti delle buone arti, di Aristotele e di Teofrasto. Nessuno di costoro non avrà tempo, nessuno non accomiaterà chi viene a lui più felice ed affezionato a sé, nessuno permetterà che qualcuno vada via da lui a mani vuote; da tutti i mortali possono essere incontrati, di notte e di giorno.

XV. Nessuno di essi ti costringerà a morire, tutti (te lo) insegneranno; nessuno di essi logorerà i tuoi anni o ti aggiungerà i propri; di nessuno di essi sarà pericoloso il parlare, di nessuno sarà letale l'amicizia, di nessuno sarà dispendiosa la considerazione. Otterrai da loro qualsiasi cosa vorrai; non dipenderà da essi che tu non assorba quanto più riceverai. Che gioia, che serena vecchiaia attende chi si rifugia in seno alla clientela di costoro! Avrà con chi riflettere sui più piccoli è sui più grandi argomenti, chi consultare ogni giorno su se stesso, da chi udire il vero senza oltraggio, da chi esser lodato senza servilismo, a somiglianza di chi conformarsi. Siamo soliti dire che non era in nostro potere scegliere i genitori che ci sono toccati in sorte: ma ci è permesso nascere secondo la nostra volontà. Vi sono famiglie di eccelsi ingegni: scegli in quale di esse vuoi essere accolto; non solo sarai adottato nel nome, ma anche negli stessi beni, che non dovranno essere custoditi né con avarizia né con grettezza: i beni diverranno più grandi a quante più persone li distribuirai. Costoro ti indicheranno il cammino verso l'eternità e ti eleveranno in quel luogo dal quale nessuno viene cacciato via. Questo è il solo modo di estendere lo stato mortale, anzi di mutarlo in stato immortale. Onori, monumenti, tutto ciò che l'ambizione ha stabilito con decreti o ha costruito con le opere, presto va in rovina, nulla non distrugge e trasforma una lunga vecchiaia; ma non può nuocere a quelle cose che la saggezza ha consacrato; nessuna età le cancellerà o le sminuirà; quella seguente e poi quelle sempre successive apporteranno qualcosa in venerabilità, poiché appunto da vicino domina l'invidia, più schiettamente ammiriamo quando l'invidia è situata in lontananza. Dunque molto si estende la vita del saggio, non lo angustia lo stesso confine che angustia gli altri: lui solo è svincolato dalle leggi della natura umana, tutti i secoli gli sono soggetti come a un dio. Passa un certo tempo: lo tiene legato col ricordo; è

XVI. 1 Illorum brevissima ac sollicitissima aetas est qui praeteritorum obliviscuntur, praesentia neglegunt, de futuro timent: cum ad extrema venerunt, sero intellegunt miseri tam diu se dum nihil agunt occupatos fuisse. 2 Nec est quod hoc argumento probari putes longam illos agere vitam, quia interdum mortem invocant: vexat illos imprudentia incertis affectibus et incurrentibus in ipsa quae metuunt; mortem saepe ideo optant quia timent. 3 Illud quoque argumentum non est quod putes diu viventium, quod saepe illis longus videtur dies, quod, dum veniat condictum tempus cenae, tarde ire horas queruntur; nam si quando illos deseruerunt occupationes, in otio relicti aestuant nec quomodo id disponant ut extrahant sciunt. Itaque ad occupationem aliquam tendunt et quod interiacet omne tempus grave est, tam me hercules quam cum dies muneris gladiatorii edictus est, aut cum alicuius alterius vel spectaculi vel voluptatis exspectatur constitutum, transilire medios dies volunt. 4 Omnis illis speratae rei longa dilatio est; at illud tempus quod amant breve est et praeceps breviusque multo, suo vitio; aliunde enim alio transfugiunt et consistere in una cupiditate non possunt. Non sunt illis longi dies, sed invisi; at contra quam exiguae noctes videntur, quas in complexu scortorum aut umo exigunt! 5 Inde etiam poetarum furor fabulis humanos errores alentium, quibus visus est Iuppiter voluptate concubitus delenitus duplicasse noctem; quid aliud est vitia nostra incendere quam auctores illis inscribere deos et dare morbo exemplo divinitatis excusatam licentiam? Possunt istis non brevissimae videri noctes quas tam care mercantur? Diem noctis exspectatione perdunt, noctem lucis metu.

XVI. Molto breve e travagliata è la vita di coloro che sono dimentichi del passato, trascurano il presente, hanno timori sul futuro: quando saranno giunti all'ultima ora, tardi comprendono, infelici, di essere stati a lungo affaccendati, pur non avendo combinato nulla. E non vi è motivo di credere che si possa provare che essi abbiano una lunga vita col fatto che invochino spesso la morte: li tormenta l'ignoranza in sentimenti incerti, che incorrono in quelle stesse cose che temono; perciò invocano spesso la morte, perché la temono. Non è neppure prova credere che vivano a lungo il fatto che spesso il giorno sembri ad essi eterno, che mentre arriva l'ora convenuta per la cena si lamentino che le ore scorrano lentamente; difatti, se talora le occupazioni li abbandonano, ardono abbandonati nel tempo libero e non sanno come disporne e come impiegarlo. E così si rivolgono a qualsiasi occupazione e tutto il tempo che intercorre è per essi gravoso, proprio così come, quando è stato fissato un giorno per uno spettacolo di gladiatori, o quando si attende il momento stabilito di qualche altro spettacolo o piacere, vogliono saltare i giorni di mezzo. Per essi è lungo ogni rinvio di una cosa sperata: ma è breve e rapido quel tempo che amano, e molto più breve per colpa loro; infatti passano da un posto all'altro e non possono fermarsi in un'unica passione. Per essi non sono lunghi i giorni, ma odiosi; ma invece come sembrano brevi le notti che trascorrono nel vino o nell'amplesso delle meretrici! Di qui anche la follia dei poeti, che alimentano con le loro favole gli errori umani: secondo loro pare che Giove, sedotto dall'amplesso, abbia raddoppiato il tempo di una notte[31]. Cosa altro è alimentare i nostri vizi che attribuire ad essi gli dei quali autori e dare al male giustificata licenza mediante l'esempio della divinità? Possono a costoro non sembrare brevissime le notti che acquistano a caro prezzo? Perdono il giorno nell'attesa della notte, la notte per paura del

---

[31] È il mito di Alcmena, cui Giove si era presentato sotto le sembianze del marito Anfitrione: raddoppiò la durata della notte, frutto della quale sarebbe stato poi Ercole.

XVII 1 Ipsae voluptates eorum trepidae et variis terroribus inquietae sunt subitque cum maxime exsultantis sollicita cogitatio: "Haec quam diu?" Ab hoc affectu reges suam flevere potentiam, nec illos magnitudo fortunae suae delectavit, sed venturus aliquando finis exterruit. 2 Cum per magna camporum spatia porrigeret exercitum nec numerum eius sed mensuram comprenderet Persarum rex insolentissimus, lacrimas profudit, quod intra centum annos nemo ex tanta iuventute superfuturus esset; at illis admoturus erat fatum ipse qui flebat perditurusque alios in mari alios in terra, alios proelio alios fuga, et intra exiguum tempus consumpturus illos quibus centesimum annum timebat. 3 Quid quod gaudia quoque eorum trepida sunt? Non enim solidis causis innituntur, sed eadem qua oriuntur vanitate turbantur. Qualia autem putas esse tempora etiam ipsorum confessione misera, cum haec quoque quibus se attollunt et super hominem efferunt parum sincera sint? 4 Maxima quaeque bona sollicita sunt nec ulli fortunae minus bene quam optimae creditur; alia felicitate ad tuendam felicitatem opus est et pro ipsis quae successere votis vota facienda sunt. Omne enim quod fortuito obvenit instabile est: quod altius surrexerit, opportunius est in occasum. Neminem porro casura delectant; miserrimam ergo necesse est, non tantum brevissimam vitam esse eorum qui magno parant labore quod maiore possideant. 5 Operose assequuntur quae volunt, anxii tenent quae assecuti sunt; nulla interim numquam amplius redituri temporis ratio est: novae occupationes veteribus substituuntur, spes spem excitat, ambitionem ambitio. Miseriarum non finis quaeritur, sed materia mutatur. Nostri nos honores torserunt? plus temporis alieni auferunt; candidati laborare desiimus? suffragatores incipimus; accusandi deposuimus molestiam? iudicandi nanciscimur; iudex desiit esse? quaesitor est; alienorum bonorum mercenaria procuratione consenuit? suis opibus distinetur. 6 Marium caliga dimisit? consulatus exercet; Quintius dictaturam properat pervadere? ab aratro revocabitur. Ibit in Poenos nondum tantae maturus rei Scipio;

giorno.

XVII. Gli stessi loro piaceri sono ansiosi ed inquieti per vari timori e subentra l'angosciosa domanda di chi è al massimo del piacere: "Fino a quando ciò durerà?" Da questo stato d'animo dei re piansero la propria potenza, né li consolò la grandezza della propria fortuna, ma li atterrì la fine imminente. Avendo dispiegato l'esercito attraverso enormi spazi di territori e non abbracciandone il numero ma la dimensione, l'orgogliosissimo re dei Persiani32 versò lacrime, perché di lì a cento anni nessuno di tanta gioventù sarebbe sopravvissuto: ma ad essi stava per affrettare il destino proprio lui che li piangeva e che ne avrebbe perduti altri in mare, altri in terra, altri in battaglia, altri in fuga ed in breve tempo avrebbe portato alla rovina quelli per i quali temeva il centesimo anno. E pure le loro gioie non sono forse ansiose? Non appoggiano infatti su solide basi, ma sono turbate dalla stessa nullità dalla quale traggono origine. Quali perciò credi che siano i periodi tristi per loro stessa ammissione, quando anche questi periodi, nei quali si inorgogliscono e si pongono al di sopra dell'umanità, sono poco veritieri? Tutti i beni più grandi sono ansiogeni e non bisogna fidarsi di nessuna fortuna meno che di quella più favorevole: è necessaria nuova felicità per preservare la felicità e si devono fare voti proprio per i voti che si sono esauditi. Infatti tutto quel che avviene per caso è instabile; ciò che assurgerà più in alto, più facilmente cadrà in basso. Certamente le cose caduche non fanno piacere a nessuno: è dunque inevitabile che sia penosissima e non solo brevissima la vita di coloro che si procacciano con grande fatica cose da possedere con fatica maggiore. Faticosamente ottengono ciò che vogliono, ansiosamente gestiscono ciò che hanno ottenuto; mentre nessun calcolo si fa del tempo che non tornerà mai più: nuove occupazioni subentrano a quelle vecchie, una speranza risveglia la speranza, un'ambizione l'ambizione. Non si cerca la fine delle sofferenze, ma si cambia la materia. Le nostre cariche ci hanno tormentato: ci tolgono più tempo quelle altrui; abbiamo smesso di penare come candidati: ricominciamo come elettori; abbiamo rinunziato al fastidio

---

32 Serse.

victor Hannibalis victor Antiochi, sui consulatus decus fraterni sponsor, ni per ipsum mora esset, cum Iove reponeretur: civiles servatorem agitabunt seditiones et post fastiditos a iuvene diis aequos honores iam senem contumacis exilii delectabit ambitio. Numquam derunt vel felices vel miserae sollicitudinis causae; per occupationes vita trudetur; otium numquam agetur, semper optabitur.

XVIII. 1 Excerpe itaque te vulgo, Pauline carissime, et in tranquilliorem portum non pro aetatis spatio iactatus tandem recede. Cogita quot fluctus subieris, quot tempestates partim privatas sustinueris, partim publicas in te converteris; satis iam per laboriosa et inquieta documenta exhibita virtus est; experire quid in otio faciat. Maior pars aetatis, certe melior rei publicae datast: aliquid temporis tui sume etiam tibi. 2 Nec te ad segnem aut inertem quietem voco, non ut somno et caris turbae voluptatibus quicquid est in te indolis vividae mergas; non est istud adquiescere: invenies maiora omnibus adhuc strenue tractatis operibus, quae repositus et securus agites. 3 Tu quidem orbis terrarum rationes administras tam abstinenter quam alienas, tam diligenter quam tuas, tam religiose quam publicas. In officio amorem consequeris, in quo odium vitare difficile est; sed tamen, mihi

dell'accusare: cadiamo in quello del giudicare; ha cessato di essere giudice: diventa inquisitore; è invecchiato nell'amministrazione a pagamento dei beni altrui: è tenuto occupato dai propri averi. Il servizio militare ha congedato Mario33? Lo affatica il consolato. Quinzio34 si affanna ad evitare la carica di dittatore? Sarà richiamato dall'aratro. Scipione35 marcerà contro i Cartaginesi non ancora maturo per tanta impresa; vincitore di Annibale, vincitore di Antioco, orgoglio del proprio consolato, garante di quello fraterno36, se non vi fosse stata opposizione da parte sua, sarebbe collocato accanto a Giove37: sommosse civili coinvolgeranno lui salvatore dei cittadini e dopo gli onori pari agli dei, rifiutati da giovane, ormai vecchio lo compiacerà l'ostentazione di un orgoglioso esilio. Non mancheranno mai motivi lieti o tristi di preoccupazione; la vita si trascinerà attraverso le occupazioni: giammai si vivrà il tempo libero, sempre verrà desiderato.

Allontànati dunque dalla folla, carissimo Paolino, e ritirati alfine in un porto più tranquillo, spintovi non a causa della durata della vita. Pensa quanti flutti hai affrontato, quante tempeste private hai sopportato, quante tempeste pubbliche ti sei attirato; già abbastanza il tuo valore è stato dimostrato attraverso faticosi e pesanti esempi: sperimenta cosa il tuo valore può fare senza impegni. La maggior parte della vita, di certo la migliore, sia pur stata dedicata alla cosa pubblica: prenditi un po' di tempo pure per te. E non sto ad invitarti ad una pigra ed inerte inattività, non perché tu immerga quanto c'è in te di vigorosa indole nel torpore e nei piaceri cari al volgo: questo non è riposare; troverai attività più importanti di tutte quelle finora valorosamente trattate, che portai compiere appartato e tranquillo. Tu di certo amministrerai gli affari del mondo tanto

---

33 Mario (Caio), generale e uomo politico romano (Cirreatone, presso Arpino, 157 a.C. - Roma 86 a.C.).
34 Cincinnato (Lucio Quinzio), personaggio romano dei primordi della Repubblica, famoso per la semplicità e l'austerità dei costumi (V sec. a.C.). [Il nome deriva dal lat. cincinnus e significa riccioluto.] Le vicende della sua vita furono tramandate in una luce di leggenda: nel 460 a.C. egli avrebbe ricevuto la nomina a console suffectus, portatagli dai littori, mentre come modesto contadino arava il suo campicello.
35 Scipione Africano Maggiore (Publio Cornelio), uomo politico e generale romano (236-235 - Literno 183 a.C.). Vittorioso su Annibale a Zama nel 202 a.C. e su AntiocoIII di Siria a Magnesia nel 190 a.C.
36 Scipione Asiatico o Asiageno (Lucio Cornelio), uomo politico e generale romano († dopo il 184 a.C.). Fratello dell'Africano Maggiore, lo seguì nelle campagne militari di Spagna e d'Africa.
37 Scipione rifiutò che la sua statua fosse posta nel tempio di Giove Capitolino.

crede, satius est vitae suae rationem quam frumenti publici nosse. 4 Istum animi vigorem rerum maximarum capacissimum a ministerio honorifico quidem sed parum ad beatam vitam apto revoca, et cogita non id egisse te ab aetate prima omni cultu studiorum liberalium ut tibi multa milia frumenti bene committerentur; maius quiddam et altius de te promiseras. Non derunt et frugalitatis exactae homines et laboriosae operae; tanto aptiora [ex]portandis oneribus tarda iumenta sunt quam nobiles equi, quorum generosam pernicitatem quis umquam gravi sarcina pressit? Cogita praeterea quantum sollicitudinis sit ad tantam te molem obicere: cum ventre tibi humano negotium est; nec rationem patitur nec aequitate mitigatur nec ulla prece flectitur populus esuriens. Modo modo intra paucos illos dies quibus C. Caesar periit (si quis inferis sensus est) hoc gravissime ferens quod decedebat populo Romano superstite, septem aut octo certe dierum cibaria superesse! Dum ille pontes navibus iungit et viribus imperi ludit, aderat ultimum malorum obsessis quoque, alimentorum egestas; exitio paene ac fame constitit et, quae famem sequitur, rerum omnium ruina furiosi et externi et infeliciter superbi regis imitatio. 6 Quem tunc animum habuerunt illi quibus erat mandata frumenti publici cura, saxa, ferrum, ignes, Gaium excepturi? Summa dissimulatione tantum inter viscera latentis mali tegebant, cum ratione scilicet: quaedam enim ignorantibus aegris curanda sunt, causa multis moriendi fuit morbum suum nosse.

disinteressatamente come di altri, tanto scrupolosamente come tuoi, con tanto zelo come pubblici. Ti guadagni la stima in un incarico in cui non è facile evitare il malvolere: ma tuttavia, credimi, è meglio conoscere il calcolo della propria vita che quello del grano statale. Allontana questa vigoria dell'animo, capacissima delle cose più grandi, da un ufficio sì onorifico ma poco adatto ad una vita serena e pensa che non ti sei occupato, fin dalla tenera età, di ogni cura degli studi liberali perché ti fossero felicemente affidate molte migliaia di moggi di grano: avevi aspirato per te a qualcosa di più grande e di più elevato. Non mancheranno uomini di perfetta sobrietà e di industriosa attività: tanto più adatte a portar pesi sono lente giumente che nobili cavalli, la cui generosa agilità chi mai ha oppresso con una gravosa soma? Pensa poi quanto affanno sia il sottoporti ad un onere così grande: ti occupi del ventre umano; il popolo affamato non sente ragioni, non è placato dalla giustizia né piegato dalla preghiera. Or ora, entro quei pochi giorni in cui morì Caio Cesare38 - se vi è una qualche sensibilità nell'aldilà, sostenendo ciò con animo molto grato, perché calcolava che al popolo Romano superstite rimanessero certamente cibarie per sette o otto giorni -, mentre egli congiunge ponti di navi39 e gioca con le risorse dell'impero, si avvicinava il peggiore dei mali anche per gli assediati, la mancanza di viveri; consistette quasi nella morte e nella fame e, conseguenza della fame, la rovina di ogni cosa e
l'imitazione di un re dissennato e straniero e tristemente orgoglioso40. Che animo ebbero allora quelli a cui era stata affidata la cura del grano pubblico, soggetti alle pietre, al ferro, alle fiamme, a Gaio? Con enorme dissimulazione coprivano un male così grande nascosto tra le viscere e a ragion veduta; infatti alcuni mali vanno curati all'insaputa degli ammalati: per molti causa di morte è stato il conoscere il proprio male.

XIX. 1 Recipe te ad haec tranquilliora, tutiora, XIX. Rifugiati in queste cose più tranquille, più

---

38 Caligola (dim. di caliga scarponcino), soprannome con cui è noto l'imperatore romano Gaio Cesare GERMANICO (37-41 d.C.) e che gli venne dato dai soldati dell'esercito del Reno comandato dal padre, in mezzo ai quali trascorse parte della fanciullezza. Nato ad Anzio nel 12 d.C., figlio di Germanico e di Agrippina Maggiore, e nipote per adozione di Tiberio, succedette a questo nel 37.
39 Caligola fece costruire un ponte di navi da Baia a Pozzuoli, come ci tramanda Svetonio.
40 Il re Serse, che costruì un porto sullo stretto dei Dardanelli per la sfortunata spedizione in Grecia.

maiora! Simile tu putas esse, utrum cures ut incorruptum et a fraude advehentium et a neglegentia frumentum transfundatur in horrea, ne concepto umore vitietur et concalescat, ut ad mensuram pondusque respondeat, an ad haec sacra et sublimia accedas sciturus quae materia sit dei, quae voluptas, quae condicio, quae forma; quis animum tuum casus exspectet; ubi nos a corporibus dimissos natura componat; quid sit quod huius mundi gravissima quaeque in medio sustineat, supra levia suspendat, in summum ignem ferat, sidera vicibus suis excitet; cetera deinceps ingentibus plena miraculis? 2 Vis tu relicto solo mente ad ista respicere! Nunc, dum calet sanguis, vigentibus ad meliora eundum est. Exspectat te in hoc genere vitae multum bonarum artium, amor virtutum atque usus, cupiditatum oblivio, vivendi ac moriendi scientia, alta rerum quies.

sicure, più grandi! Credi che sia la stessa cosa se curi che il frumento venga travasato nei granai integro sia dalla frode che dall'incuria dei trasportatori, che non sia madido di umidità accumulata e non fermenti, che sia conforme alla misura e al peso, o se ti accosti a queste cose sacre e sublimi per conoscere quale sia la materia di Dio, quale la volontà, la condizione, la forma; quale condizione attenda il tuo spirito; dove la natura ci disponga una volta usciti dai nostri corpi; cosa sia che sostenga ogni cosa più pesante al centro di questo mondo, sospenda al di sopra quelle leggere, sollevi il fuoco in cima, ecciti gli astri nei loro percorsi; e via via le altre cose colme di strabilianti fenomeni? Vuoi, una volta abbandonata la terra, rivolgere l'attenzione a queste cose? Ora, finché il sangue è caldo, pieni di vigore dobbiamo tendere a cose migliori. Ti aspettano in questo genere di vita molte buone attività, l'amore e la pratica delle virtù, l'oblio delle passioni, il saper vivere e il saper morire, una profonda quiete delle cose.

XX. 1 Omnium quidem occupatorum condicio misera est, eorum tamen miserrima, qui ne suis quidem laborant occupationibus, ad alienum dormiunt somnum, ad alienum ambulant gradum, amare et odisse, res omnium liberrimas, iubentur. Hi si volent scire quam brevis ipsorum vita sit, cogitent ex quota parte sua sit. 2 Cum videris itaque praetextam saepe iam sumptam, cum celebre foro nomen, ne invideris: ista vitae damno parantur. Ut unus ab illis numeretur annus, omnis annos suos conterent. Quosdam antequam in summum ambitionis eniterentur, inter prima luctantis aetas reliquit; quosdam, cum in consummationem dignitatis per mille indignitates erepsissent, misera subiit cogitatio laborasse ipsos in titulum sepulcri; quorundam ultima senectus, dum in novas spes ut iuventa disponitur, inter conatus magnos et improbos invalida defecit. 3 Foedus ille quem in iudicio pro ignotissimis litigatoribus grandem natu et imperitae coronae assensiones captantem spiritus liquit; turpis ille qui vivendo lassus citius quam laborando inter ipsa officia collapsus est; turpis quem accipiendis immorientem rationibus diu tractus risit heres. 4 Praeterire quod mihi occurrit exemplum non possum: Turannius fuit exactae diligentiae

XX: Certamente miserevole è la condizione di tutti gli affaccendati, ma ancor più misera quella di coloro che non si danno da fare nemmeno per le loro occupazioni, dormono in relazione al sonno altrui, camminano secondo il passo altrui, a cui viene prescritto come amare e odiare, cose che sono le più spontanee di tutte. Se costoro vogliono sapere in quanto sia breve la loro vita, considerino quanto esigua sia la loro quota parte. Perciò quando vedrai una toga pretesta già più volte indossata o un nome famoso nel foro, non provare invidia: queste cose si ottengono a scapito della vita. Affinché un solo anno si dati da loro, consumeranno tutti i loro anni [gli anni si datavano dal nome dei consoli]. Prima di inerpicarsi in cima all'ambizione, alcuni la vita abbandonò mentre si dibattevano tra le prime difficoltà; ad alcuni, essendo passati attraverso mille sforzi per il raggiungimento della posizione, venne in mente l'amara considerazione di essersi dannati per l'epitaffio; di certuni venne meno l'estrema vecchiaia, mentre come la gioventù attendeva a nuove speranze, indebolita tra sforzi enormi e gravosi. Vergognoso colui che il fiato abbandonò in tribunale, in età avanzata, difendendo litiganti del tutto sconosciuti e cercando l'assenso di un uditorio ignorante; infame colui che stanco del

senex, qui post annum nonagesimum, cum vacationem procurationis ab C. Caesare ultro accepisset, componi se in lecto et velut exanimem a circumstante familia plangi iussit. Lugebat domus otium domini senis nec finivit ante tristitiam quam labor illi suus restitutus est. Adeone iuvat occupatum mori? 5 Idem plerisque animus est; diutius cupiditas illis laboris quam facultas est; cum imbecillitate corporis pugnant, senectutem ipsam nullo alio nomine gravem iudicant quam quod illos seponit. Lex a quinquagesimo anno militem non legit, a sexagesimo senatorem non citat: difficilius homines a se otium impetrant quam a lege. 6 Interim dum rapiuntur et rapiunt, dum alter alterius quietem rumpit, dum mutuo miseri sunt, vita est sine fructu, sine voluptate, sine ullo profectu animi; nemo in conspicuo mortem habet, nemo non procul spes intendit, quidam vero disponunt etiam illa quae ultra vitam sunt, magnas moles sepulcrorum et operum publicorum dedicationes et ad rogum munera et ambitiosas exsequias. At me hercules istorum funera, tamquam minimum vixerint, ad faces et cereos ducenda sunt.

vivere più che del lavorare, crollò tra i suoi stessi impegni; infame colui che l'erede, a lungo trattenuto, deride mentre egli muore dedicandosi ai suoi conti. Non posso tralasciare un esempio che mi sovviene: Sesto Turranio è stato un vecchio di accurata coscienziosità, che dopo i novant'anni, avendo ricevuto inaspettatamente da Caio Cesare l'esonero dalla procura, diede disposizioni di essere composto sul letto e di esser pianto come morto dalla famiglia attorno a lui. Piangeva la casa l'inattività del vecchio padrone e non cessò il lutto prima che gli fosse restituito il suo lavoro. A tal punto è piacevole morire affaccendato? Lo stesso stato d'animo ha la maggior parte: in essi vi è più a lungo il desiderio che la capacità del lavoro; combattono contro la decadenza del corpo, la stessa vecchiaia giudicano gravosa e con nessun altro nome, perché li mette da parte. La legge non chiama sotto le armi a partire dai cinquant'anni, non convoca il senatore dai sessanta: gli uomini ottengono il riposo più difficilmente da se stessi che dalla legge. Nel frattempo, mentre sono rapinati e rapinano, mentre vicendevolmente si tolgono la pace, mentre sono reciprocamente infelici, la vita è senza frutto, senza piacere, senza nessun progresso dello spirito: nessuno ha la morte davanti agli occhi, nessuno non proietta lontano le speranze, alcuni poi organizzano pure quelle cose che sono oltre la vita, grandi moli di sepolcri e dediche di opere pubbliche e giochi funebri (lett.: presso il rogo) ed esequie sfarzose. Ma sicuramente i funerali di costoro, come se avessero vissuto pochissimo, devono celebrarsi alla luce di fiaccole e ceri.

Printed in Great Britain
by Amazon

(LA) «Nihil minus occupati est quam vivere»

(IT) «Niente è meno proprio d'un affaccendato che vivere»

Il De brevitate vitae (spesso tradotto in italiano coi titoli Sulla brevità della vita o La brevità della vita) è un trattato filosofico che occupa il decimo libro dei Dialoghi di Lucio Anneo Seneca.